Émile Zola

La Bête humaine

Abrégé par Boris Moissard

Classiques abrégés
l'école des loisirs
11, rue de Sèvres, Paris 6e

ISBN : 978-2-211-20122-3

Loi numéro 49 956 du 16 juillet 1949 sur les publications
destinées à la jeunesse : septembre 2010
Dépôt légal : mars 2014
Imprimé en France par CPI Firmin Didot
à Mesnil-sur-l'Estrée (121828)

PRÉFACE

Il y a des romans-fleuves, et des romanciers-fleuves : Zola c'est la Loire. Son débit force l'admiration. On s'émerveille d'un pareil flot d'écriture, jailli d'une seule source dans un tel élan de puissance créatrice. Ce courant de fictions charriant sa masse de destins limoneux vers les marécages psychosociologiques du second Empire nous laisse pantois. Ployés de révérence, nous saluons depuis la berge – même si *La Bête humaine* nous invite à quitter la métaphore fluviale au profit des comparaisons ferroviaires.

Ce roman nous *aiguille*, en effet, vers la fumée noire des tunnels. On pense à du Simenon revu par James Hadley Chase ou Dashiell Hammett. Car *La Bête humaine* réunit tous les ingrédients du polar : un meurtre (voire plusieurs), du sang, de la violence, une femme fatale, du suspense, des scènes chocs, une enquête avec arrière-plans politiques, notables véreux et magistrats carriéristes… et une pléiade d'assassins, au moins virtuels. Nul d'entre ces gredins ne se retiendra de tuer s'il y trouve son compte : l'un le fera par jalousie, l'autre par brutalité, le troisième par intérêt, un quatrième pour se venger ou simplement par bêtise, ou par calcul, ou pour l'argent. Le seul (ou presque) à susciter l'indulgence est le criminel-né, le cheminot qu'affecte un besoin maladif de poignarder une femme. De ce geste, il attend mieux qu'un assouvissement : une révélation, hanté qu'il est par le « gouffre noir du sexe, l'amour jusque dans la mort, détruire pour posséder davantage ». Jamais Jacques Lantier ne guérira de sa pulsion, il l'a en lui comme d'autres ont le vertige : client de choix pour l'aliéniste, objet d'horreur et de pitié, mais personnage presque lilial dans ce brouillard de suie.

Il faut dire que Zola, c'est l'école naturaliste ; laquelle, sous couvert de regarder la réalité en face, y voit surtout de vilaines choses. Le monumental édifice des *Rougon-Macquart*, bâti par empilement de cas cliniques et de bas instincts, en viendrait même, de ce fait, à nous rester un peu sur l'estomac, sans la levure du génie. Dieu merci, Zola a du génie, dans le genre spectaculaire. Sa richesse d'inspiration et sa vigueur d'imagination nous valent en permanence, de sa part, des doses d'adrénaline et des morceaux de bravoure auprès desquels les effets spéciaux du cinéma n'ont qu'à bien se tenir. Prenez l'ultime chapitre de *La Bête humaine* : il en remontre largement, dans le registre du train fou, à la séquence finale du *Runaway Train* d'Andrei Konchalovsky, film de 1985. C'est une référence.

En tant qu'auteur, Zola possède des défauts que les puristes se font un plaisir de relever. Sa *Bête humaine* sent un peu le travail. On y décèle les petitesses de l'étude documentaire, les notes prises à la gare Saint-Lazare, les interviews de gardes-barrières, le recopiage d'horaires, tout un labeur de plumitif.

Par ailleurs, l'évidente fascination du maître pour la turpitude à caractère sexuel rend, au cours des pages, un son de naïveté quasi adolescente. Au strict point de vue du style, le format colossal de son entreprise incline ce titan des lettres à s'accorder des facilités regrettables. Contraint de rabioter les miettes d'un temps qui lui est compté pour dévider et filer l'écheveau de ses intrigues (Alexandre Dumas, lui, travaillait en équipe), Zola ne se prive pas de nous resservir plusieurs fois les mêmes clichés : ses trains ont une tendance répétitive à entrer dans les tunnels « en coup de foudre », ses soleils à se coucher en « pluie d'or ». Et ces redites, associées à quelques ficelles un peu grosses, peuvent freiner l'enthousiasme du connaisseur à fine bouche. En conséquence de quoi, Zola ne parvient pas toujours à s'octroyer dans l'estime de ce rabat-joie le rang que s'adjugent haut la main les artistes du tout premier cercle, les Balzac, Dickens, Proust, Stevenson.

Le lecteur de base, quant à lui, véhiculé à bord des treize tomes du convoi *Rougon-Macquart*, renâcle parfois un peu aussi. Cette œuvre à rallonges lui vaut, par intervalles, quelques bouffées de claustrophobie. Il y éprouve un besoin de zigzags et de folâtrerie, une nostalgie de tortillard et de balade à vélo, bref, une envie de Stendhal et d'air frais. Il n'empêche : la motrice qui tire les wagons est, il le sent bien, un miracle de puissance et de moyenne horaire. Elle possède toutes les qualités qui caractérisent la Lison, locomotive de légende ; et, pour ce qui est de l'idiosyncrasie romanesque, celui qui la pilote constitue un système de bielles et d'essieux, de pistons et de chaudière qui sans doute « graisse » un peu trop, lui aussi, mais « vaporise » comme nul autre et démontre, en action, « la beauté souveraine des êtres de métal, la précision dans la force ».

Quelle efficacité chez Zola ! Quelle vigueur d'affabulation ! Quel tempérament dramatique ! Surtout, quel pouvoir de se faire lire, après plus d'un siècle ! Alors un peu de pudeur, messieurs les délicats. Ravalez vos critiques. Épargnez-nous vos réserves. Vous n'êtes pas de taille à juger des performances de ce monstre d'acier quand il passe devant vous dans son galop d'enfer. Contentez-vous de le saluer chapeau bas, en tenant solidement cet accessoire que menace le vent de la course.

Boris Moissard

Avertissement de l'éditeur

Pour la bonne compréhension des faits relatés ci-après, le lecteur moderne doit se souvenir qu'aux premiers temps des chemins de fer, les wagons et compartiments des trains ne communiquaient pas entre eux. On ne passait de l'un à l'autre qu'à l'arrêt, par le quai. Le faire en marche, en sautant d'un marchepied à l'autre, comportait des risques que, normalement, aucun voyageur n'aurait pris.

Je voudrais, après Le Rêve, *faire un roman tout autre ; d'abord dans le monde réel ; puis sans description, sans art visible, sans effort, écrit d'une plume plus courante ; du récit tout simplement ; et comme sujet, un drame violent à donner le cauchemar à tout Paris, quelque chose de pareil à* Therèse Raquin, *avec un côté de mystère, d'au-delà, quelque chose qui ait l'air de sortir de la réalité (pas d'hypnotisme, mais une force inconnue, à arranger, à trouver). Le tout dans une grande passion évidemment. L'amour et l'argent mêlés. Mais surtout l'argent, voire la jalousie.*

Je n'ai absolument comme héros à employer qu'Étienne Lantier, mon Étienne de Germinal[1]. *Il est né en 1846. (Ressemblance physique de la mère, puis du père. Hérédité de l'ivrognerie se tournant en folie homicide. État de crime.)* […] *Il faudra tenir compte de* Germinal *et des idées qu'il y a réunies. Donc la partie socialiste, avec un écho. Je puis le faire entrer comme employé dans un chemin de fer, l'y affiner davantage, presque un monsieur, avec le reflet héroïque de ses aventures dans* Germinal, *et le rendre amoureux d'une femme d'employé supérieur, ou de magistrat, etc. Un coin de perversion chez cette femme qui le ramène en bas, vers cet ouvrier dégrossi. Un type de femme bourgeoise, mais singulière, à créer. Et elle le pousse*

1. Finalement, Zola, préférant ne pas faire d'Étienne le héros de *La Bête humaine*, lui donnera un frère, Jacques. *(N.d.E.)*

alors à tuer. Je ne sais si ce que je pense est bon : par exemple, Étienne est en chemin de fer, au premier chapitre, et il assiste à un meurtre, dans de certaines conditions qui l'empêchent d'en parler, de témoigner. Alors j'ai toute sa lutte, lui mêlé à la magistrature, à l'enquête, toujours près de parler, mais ne parlant pas, pour une raison. Une femme évidemment. Et à la fin, tuant lui-même dans les mêmes conditions, soit pour empêcher quelqu'un de parler, soit pour posséder la femme. Enfin un meurtre qui soit la conséquence de l'autre, un meurtre débattu pendant tout le livre. – Ne pas oublier que j'ai mis en lui la folie homicide : justifier. – Cela ne me paraît pas mauvais : un début très dramatique, et une fin qui fait pendant, avec une marche très logique d'un bout à l'autre…

Émile Zola,
extrait de l'*Ébauche* de *La Bête humaine*.

I

En entrant dans la chambre, Roubaud posa sur la table le pain d'une livre, le pâté et la bouteille de vin blanc. Et le sous-chef de gare, ayant ouvert une fenêtre, s'y accouda.

C'était impasse d'Amsterdam, dans la dernière maison de droite, une haute maison où la Compagnie de l'Ouest logeait certains de ses employés. La fenêtre, au cinquième, donnait sur la gare, cette tranchée large trouant le quartier de l'Europe.

Comme Roubaud allait quitter la fenêtre, une voix qui prononçait son nom le fit se pencher. Et il reconnut, au-dessous, sur la terrasse du quatrième, un jeune homme d'une trentaine d'années, Henri Dauvergne, conducteur-chef, qui habitait là en compagnie de son père et de ses sœurs, deux blondes de dix-huit et vingt ans.

– Monsieur Roubaud, vous êtes donc à Paris ?... Ah ! oui, pour votre affaire avec le sous-préfet !

De nouveau accoudé, le sous-chef de gare expliqua qu'il avait dû quitter Le Havre, le matin même, par l'express de six heures quarante. Un ordre du chef de l'exploitation l'appelait à Paris, on venait de le sermonner d'importance. Heureux encore de n'y avoir pas laissé sa place.

– Et madame ? demanda Henri.

Madame avait voulu venir, elle aussi, pour des emplettes. Son mari l'attendait là, dans cette chambre dont la mère Victoire leur remettait la clef, à chacun de leurs voyages, et où ils aimaient déjeuner, tranquilles et seuls, pendant que la brave femme était retenue en bas, à son poste de la salubrité.

Henri, pour être aimable, posa encore une question :

– Et vous couchez à Paris ?

Non, non ! ils retournaient tous deux au Havre le soir, par l'express de six heures trente.

Un moment, les deux employés se regardèrent, en hochant la tête. Mais ils ne s'entendaient plus, un piano endiablé venait d'éclater en notes sonores. Les deux sœurs devaient taper dessus ensemble. Alors, le jeune homme salua, rentra dans l'appartement ; et le sous-chef, seul, demeura un instant les yeux sur la terrasse, d'où montait toute cette gaieté de jeunesse. Et il rentra, lui aussi, dans la chambre.

Devant le coucou qui marquait trois heures vingt, Roubaud eut un geste désespéré. À quoi diable Séverine pouvait-elle s'attarder ainsi ? Elle n'en sortait plus, lorsqu'elle était dans un magasin. Pour tromper la faim qui lui labourait l'estomac, il eut l'idée de mettre la table. Mais, lorsqu'il eut posé le pâté sur une assiette, et placé, à côté, la bouteille de vin blanc, il s'inquiéta, chercha des yeux. Puis, vivement, il tira de ses poches deux paquets oubliés, une petite boîte de sardines et du fromage de gruyère.

La demie sonna. Roubaud marchait de long en large, tournant, au moindre bruit, l'oreille vers l'escalier. Dans son attente désœuvrée, en passant devant la glace, il s'arrêta, se regarda. Il ne vieillissait point, la quarantaine approchait, sans que le roux ardent de ses cheveux frisés eût pâli. Sa barbe, qu'il portait entière, restait drue, elle aussi, d'un blond de soleil. Et, de taille moyenne, mais d'une extraordinaire vigueur, il se plaisait à sa personne, satisfait de sa tête un peu plate, au front bas, à la nuque épaisse, de sa face ronde et sanguine, éclairée de deux gros yeux vifs. Ses sourcils se rejoignaient, embroussaillant son front de la barre des jaloux. Comme il avait épousé une femme plus jeune que lui de quinze années, ces coups d'œil fréquents, donnés aux glaces, le rassuraient.

Il y eut un bruit de pas, Roubaud courut entrebâiller la porte. Mais c'était une marchande de journaux de la gare, qui rentrait chez elle, à côté. Il revint, s'intéressa à une boîte de coquillages, sur le buffet. Il la connaissait bien, cette boîte, un cadeau de Séverine à la mère Victoire, sa nourrice. Et ce petit objet avait suffi, toute l'histoire de son mariage se déroulait. Déjà trois ans bientôt. Né dans le Midi, à Plassans, longtemps facteur-mixte à la gare de Mantes, il était passé facteur-chef à celle de Barentin ; et c'était là qu'il l'avait connue, sa chère femme, lorsqu'elle venait de Doinville, prendre le train, en compagnie de Mlle Berthe, la fille du président Grandmorin. Séverine Aubry n'était que la cadette d'un jardinier, mort au service des Grandmorin ; mais le président, son parrain et son tuteur, la gâtait tellement, faisant d'elle la compagne de sa fille, et elle-même avait une telle distinction native, que longtemps Roubaud s'était contenté de la désirer de loin, avec la passion d'un ouvrier dégrossi pour un bijou délicat, qu'il jugeait précieux. Et quand il s'était enhardi enfin, la réalisation avait dépassé le rêve : outre Séverine et une dot de dix mille francs, le président, aujourd'hui en retraite, membre du conseil d'administration de la Compagnie de l'Ouest, lui avait donné sa protection. Dès le lendemain du mariage, il était passé sous-chef à la gare du Havre.

Lorsqu'il eut ouvert la boîte de sardines, Roubaud perdit décidément patience. Où pouvait-elle être ? Jamais au Havre il ne la soupçonnait. À Paris, il s'imaginait toutes sortes de dangers, des ruses, des fautes. Un flot de sang montait à son crâne, il l'aurait broyée, dans un élan de fureur aveugle.

Séverine poussa la porte, parut toute fraîche, toute joyeuse.

– C'est moi... Hein ? tu as dû croire que j'étais perdue. Imagine-toi, impossible d'avoir un omnibus. Alors, ne voulant pas dépenser l'argent d'une voiture, j'ai couru... Regarde comme j'ai chaud.

– Alors, tu as dévalisé le Bon-Marché.

– Oh ! oui... Je vais te conter... Mais, auparavant, mangeons. Ce que j'ai faim !... Ah ! écoute, j'ai un petit cadeau.

C'était un couteau qu'elle venait de lui acheter. Il s'exclamait, le trouvait superbe, ce beau couteau neuf, avec son manche en ivoire et sa lame luisante. Tout de suite, il allait s'en servir. Elle était ravie de sa joie ; et, en plaisantant, elle se fit donner un sou, pour que leur amitié ne fût pas coupée.

– Mangeons, mangeons, répéta-t-elle. À table!

Et elle se jeta sur les sardines, elle dévora. Elle était toute vibrante du bonheur d'avoir couru les trottoirs, elle gardait une fièvre de ses achats au Bon-Marché. Un peu confuse, rougissante, elle finit par lâcher le total de la somme qu'elle avait dépensée, plus de trois cents francs.

– Fichtre! dit Roubaud, saisi, tu te mets bien, toi, pour la femme d'un sous-chef!...

Il avait pris le parti de rire, tant elle était jolie, dans sa joie, avec son air de confusion suppliante. La boîte de sardines était finie, ils entamèrent le pâté avec le beau couteau neuf. Ce fut un triomphe, tellement il coupait bien.

– Et toi, voyons, ton affaire? demanda-t-elle. Tu me fais bavarder, tu ne me dis pas comment ça s'est terminé, pour le sous-préfet.

Alors, il conta en détail la façon dont le chef de l'exploitation l'avait reçu. Oh! un lavage de tête en règle! Il s'était défendu, avait dit la vraie vérité, comment ce petit crevé de sous-préfet s'était obstiné à monter avec son chien dans une voiture de première, et la querelle qui s'en était suivie, et les mots qu'on avait échangés. En somme, le chef lui donnait raison d'avoir voulu faire respecter la consigne; mais le terrible était la parole qu'il avouait lui-même: «Vous ne serez pas toujours les maîtres!» On le soupçonnait d'être républicain. Aussi l'aurait-on certainement déplacé, sans la bonne recommandation du président Grandmorin. Encore avait-il dû signer la lettre d'excuse, conseillée et rédigée par ce dernier.

Séverine l'interrompit, criant :

– Hein ? ai-je eu raison de lui écrire et de lui faire une visite avec toi, ce matin, avant que tu ailles recevoir ton savon… Je savais bien qu'il nous tirerait d'affaire.

– Oui, il t'aime beaucoup, reprit Roubaud, et il a le bras long, dans la Compagnie… Si tu n'avais pas été ma femme, et si Grandmorin n'avait pas plaidé ma cause, par amitié pour toi, j'étais fichu.

Elle regardait fixement le vide, elle murmura, comme se parlant à elle-même :

– Oh ! certainement, c'est un homme qui a le bras long.

Il y eut un silence, et elle restait les yeux élargis, perdus au loin, cessant de manger. Sans doute elle évoquait les jours de son enfance, là-bas, au château de Doinville, à quatre lieues de Rouen. Jamais elle n'avait connu sa mère. Quand son père, le jardinier Aubry, était mort, elle entrait dans sa treizième année ; et c'était à cette époque que le président, déjà veuf, l'avait gardée près de sa fille Berthe, sous la surveillance de sa sœur, Mme Bonnehon, également veuve, à qui le château appartenait aujourd'hui. Berthe avait épousé M. de Lachesnaye, conseiller à la cour de Rouen, un petit homme sec et jaune. L'année précédente, le président était encore à la tête de cette cour, dans son pays, lorsqu'il avait pris sa retraite, après une carrière magnifique. Riche à plusieurs millions, il faisait partie du conseil général depuis 1855, on l'avait nommé commandeur de la Légion d'honneur, le jour même de sa retraite.

– Tu ne manges plus, tu n'as donc plus faim ?

– Oh ! si… Tu vas voir.

Séverine, ayant vidé son verre de vin blanc, acheva la tranche de pâté qu'elle avait dans son assiette. Mais il y eut une alerte : ils avaient fini le pain d'une livre, pas une bouchée ne restait pour manger le fromage. Ce furent des cris, puis des rires, lorsque, bousculant tout, ils découvrirent, au fond du buffet de la mère Victoire, un bout de pain rassis. À propos de la mère Victoire, Roubaud en était revenu à Grandmorin : encore une, celle-là, qui lui devait une belle chandelle ! Fille séduite dont l'enfant était mort, nourrice de Séverine qui venait de coûter la vie à sa mère, plus tard femme d'un chauffeur de la Compagnie, elle vivait mal, à Paris, d'un peu de couture, son mari mangeant tout, lorsque la rencontre de sa fille de lait avait renoué les liens d'autrefois, en faisant d'elle aussi une protégée du président ; et, aujourd'hui, il lui avait obtenu un poste à la salubrité, la garde des cabinets de luxe, le côté des dames, ce qu'il y a de meilleur. Et Roubaud calculait que, si Pecqueux, le mari, avait apporté ses deux mille huit cents francs de chauffeur, au lieu de nocer aux deux bouts de la ligne, le ménage aurait réuni plus de quatre mille francs, le double de ce que lui, sous-chef de gare, gagnait au Havre.

Cependant, leur grosse faim s'était apaisée, et ils ne mangeaient plus que d'un air alangui. Leurs paroles aussi se faisaient lentes.

– À propos, j'ai oublié de te demander… Pourquoi as-tu donc refusé au président d'aller passer deux ou trois jours à Doinville? Ce n'est guère adroit, de refuser leurs politesses...

Séverine, les regards vacillants, eut un geste d'impatience.

– Est-ce que je puis te laisser tout seul?

– Depuis notre mariage, en trois ans, tu es bien allée deux fois à Doinville. Rien ne t'empêchait d'y retourner une troisième... La dernière fois, est-ce que Mme Bonnehon t'aurait mal reçue?

Oh! non, Mme Bonnehon l'avait toujours très bien accueillie.

– Alors, avoue-le, ce sont les Lachesnaye qui t'ont battu froid.

Mais non, Berthe s'était montrée convenable à l'égard de son ancienne camarade.

– C'est donc le président qui te déplaît, là-bas?

Séverine, qui, jusque-là, répondait lentement, d'une voix égale, fut reprise d'impatience.

– Lui, quelle idée!

– Il a été certainement très bon pour toi, reprit Roubaud, qui venait d'allumer sa pipe. Non seulement il t'a fait élever comme une demoiselle, mais il a très sagement administré tes quatre sous, et il a arrondi la somme, lors de notre mariage... Sans compter qu'il doit te laisser quelque chose.

– Oui, murmura Séverine, cette maison de la Croix-de-Maufras, cette propriété que le chemin de fer a coupée... Oh! je n'y compte guère, les Lachesnaye doivent le travailler pour qu'il ne me laisse rien. Et puis, j'aime mieux rien, rien!

Il souriait, jamais il ne l'avait vue si nerveuse. Il

lui avait pris la main gauche et jouait avec une vieille bague d'or, un serpent d'or à petite tête de rubis, qu'elle portait au même doigt que son alliance. Toujours il la lui avait connue là.

– Mon petit serpent, dit Séverine d'une voix involontaire de rêve. C'est à la Croix-de-Maufras qu'il m'en a fait cadeau, pour mes seize ans.

Roubaud leva la tête, surpris.

– Qui donc ? le président ?

Elle sentit un petit froid glacer ses joues. Elle voulut répondre, et ne trouva rien, étranglée par la sorte de paralysie qui la prenait.

– Mais, continua-t-il, tu m'as toujours dit que c'était ta mère qui te l'avait laissée, cette bague.

Encore à cette seconde, elle pouvait rattraper la phrase, lâchée dans un oubli de tout. Il lui aurait suffi de rire, de jouer l'étourdie. Mais elle s'entêta, ne se possédant plus, inconsciente.

– Jamais, mon chéri, je ne t'ai dit que ma mère m'avait laissé cette bague.

Du coup, Roubaud la dévisagea, pâlissant.

– Comment ? tu ne m'as jamais dit ça ? Tu me l'as dit vingt fois !... Il n'y a pas de mal à ce que le président t'ait donné une bague. Il t'a donné bien autre chose... Mais pourquoi me l'avoir caché ? pourquoi avoir menti, en parlant de ta mère ?

– Je n'ai pas parlé de ma mère, mon chéri, tu te trompes.

C'était imbécile, cette obstination. Elle voyait qu'elle se perdait, qu'il lisait clairement sous sa peau, et elle aurait voulu revenir, ravaler ses paroles ; mais il n'était plus temps, elle sentait ses traits se décomposer, l'aveu sortir malgré elle de toute sa personne. Le froid de ses joues avait envahi sa face entière, un tic nerveux tirait ses lèvres. Et lui, effrayant, lui avait saisi les poignets, la regardait de tout près, afin de mieux suivre, dans l'effarement épouvanté de ses yeux, ce qu'elle ne disait pas tout haut.

– Nom de Dieu ! bégaya-t-il, nom de Dieu !

Elle eut peur, baissa le visage pour le cacher sous son bras, devinant le coup de poing. Un fait, petit, misérable, insignifiant, l'oubli d'un mensonge à propos de cette bague, venait d'amener l'évidence. Et il avait suffi d'une minute. Il la jeta d'une secousse en travers du lit, il tapa sur elle des deux poings, au hasard. En trois ans, il ne lui avait pas donné une chiquenaude, et il la massacrait, aveugle, ivre, dans un emportement de brute.

– Nom de Dieu de garce ! tu as couché avec !...

– Non ! non !

Se laissant glisser, elle s'échappa, elle voulut courir vers la porte. Il s'était jeté à son côté, il l'avait empoignée par les cheveux, pour la clouer au sol. Un instant, ils restèrent ainsi par terre, face à face, sans bouger. Et, dans l'effrayant silence, on entendit monter les chants et les rires des demoiselles Dauvergne dont le piano faisait rage.

– Avoue que tu as couché avec.

Elle n'osa plus dire non. Il l'aurait tuée, elle le lisait nettement dans son regard. Une lâcheté l'envahit, un abandon d'elle-même et de tout, un besoin d'en finir.

– Eh bien ! oui, c'est vrai, laisse-moi m'en aller.

Alors, ce fut abominable. Cet aveu qu'il exigeait si violemment, venait de l'atteindre en pleine figure, comme une chose impossible, monstrueuse Il lui empoigna la tête, il la cogna contre un pied de la table. Chaque fois qu'elle faisait un effort pour se redresser, il la rejetait sur le carreau d'un coup de poing. Et cela haletant, les dents serrées, un acharnement sauvage et imbécile. Quand ils reprirent haleine, hébétés, gonflés de cette horreur, las de frapper et d'être frappée, ils étaient revenus près du lit, elle toujours par terre, vautrée, lui accroupi, la tenant encore aux épaules. Et ils soufflèrent. En bas, la musique continuait, les rires s'envolaient, très sonores et très jeunes.

D'une secousse, Roubaud remonta Séverine, l'adossa contre le bois du lit. Puis, demeurant à genoux, pesant sur elle, il put parler enfin. Il ne la battait plus, il la torturait de ses questions, du besoin inextinguible qu'il avait de savoir.

– Ainsi, tu as couché avec, garce !... Et à quel âge, hein ? toute petite, toute petite, n'est-ce pas ?

Et l'interrogatoire continua, elle disait tout, dans un tel anéantissement de honte et de peur, que ses phrases, soufflées très bas, s'entendaient à peine. Et lui, mordu de sa jalousie atroce, s'enrageait à la souffrance dont le déchiraient les tableaux évoqués : il n'en savait jamais assez, il l'obligeait à revenir sur les détails, à préciser les faits.

– Enfin, à quel âge, répète, à quel âge ?

– Seize ans et demi.

Maintenant, c'était fini, il ne vivrait plus, il évoquerait toujours l'exécrable image.

Un sanglot déchira sa gorge.

– Mais nom de Dieu de garce ! pourquoi m'as-tu épousé ?... Sais-tu que c'est ignoble de m'avoir trompé ainsi ?

Elle eut un geste vague. Est-ce qu'elle savait au juste, à présent ? En l'épousant, elle était heureuse, espérant en finir avec l'autre. Il y a tant de choses qu'on ne voudrait pas faire et qu'on fait, parce qu'elles sont encore les plus sages. Non, elle ne l'aimait pas ; et ce qu'elle évitait de lui dire, c'était que, sans cette histoire, jamais elle n'aurait consenti à être sa femme.

– Lui, n'est-ce pas ? désirait te caser. Il a trouvé une bonne bête... Hein ? il désirait te caser pour que ça continue. Et vous avez continué, hein ? à tes deux voyages, là-bas. C'est pour ça qu'il t'emmenait ?

D'un signe, elle avoua de nouveau.

Et, comme elle dégageait sa main, il sentit sa bague, le petit serpent d'or à tête de rubis, oublié à son doigt. Il l'en arracha, le pila du talon sur le carreau, dans un nouvel accès de rage. Puis, il marcha d'un bout de la pièce à l'autre, muet, éperdu.

La fureur de Roubaud ne se calmait point. Dès qu'elle semblait se dissiper un peu, elle revenait aussitôt, comme l'ivresse, par grandes ondes redoublées, qui l'emportaient dans leur vertige. C'était un besoin physique, immédiat, comme une faim de vengeance, qui lui tordait le corps et qui ne lui laisserait plus aucun repos, tant qu'il ne l'aurait pas satisfaite.

Cette femme, puisqu'il ne l'avait pas tuée tout de suite, il ne la tuerait pas maintenant. Il ne pouvait pourtant la garder ainsi. Alors, il allait donc la chasser, la mettre à la rue, pour ne jamais la revoir? Et un nouveau flot de souffrance l'emportait, une exécrable nausée le submergeait tout entier, lorsqu'il sentait qu'il ne ferait pas même ça. Quoi enfin? Il ne restait qu'à accepter l'abomination et qu'à remmener cette femme au Havre, à continuer la tranquille vie avec elle, comme si de rien n'était. Non, non! la mort plutôt, la mort pour tous les deux, à l'instant!

Séverine le suivait toujours de ses grands yeux. Ce qui l'épouvantait, c'était de sentir l'animal, soupçonné par elle depuis trois ans, à des grognements sourds, aujourd'hui déchaîné, enragé, prêt à mordre. Que lui dire, pour empêcher un malheur?

– Mon ami, écoute…

Mais il ne l'entendait pas, il repartait à l'autre bout de la pièce. Enfin elle lui saisit le poignet, elle le retint une minute.

– Je n'y serais jamais plus allée, jamais! jamais! C'est toi que j'aime.

Et elle se faisait caressante, l'attirant, levant ses lèvres pour qu'il les baisât. Mais, tombé près d'elle, il la repoussa, dans un mouvement d'horreur.

Il frissonnait. L'idée de la posséder, cette image de leurs deux corps s'abattant sur le lit, venait de le traverser d'une flamme. Et, dans la nuit trouble de sa chair, au fond de son désir souillé qui saignait, brusquement se dressa la nécessité de la mort.

– Pour que je ne crève pas d'aller encore avec toi, vois-tu, il faut avant ça que je crève l'autre... Il faut que je le crève, que je le crève !

Sa voix montait, il répéta le mot, debout, grandi, comme si ce mot, en lui apportant une résolution, l'avait calmé. Il marcha lentement jusqu'à la table, y regarda le couteau, dont la lame, grande ouverte, luisait. D'un geste machinal, il le ferma, le mit dans sa poche. Il retourna ouvrir la fenêtre, il s'y planta. Derrière lui, sa femme s'était levée, reprise de peur ; elle attendait, debout elle aussi, en face du large ciel.

Sous la nuit commençante, les maisons lointaines se découpaient en noir, le vaste champ de la gare s'emplissait d'une brume violâtre. Du côté des Batignolles surtout, la tranchée profonde était comme noyée d'une cendre où commençaient à s'effacer les charpentes du pont de l'Europe. Vers Paris, un dernier reflet de jour pâlissait les vitres des grandes halles couvertes, tandis que, dessous, les ténèbres amassées pleuvaient.

Quand Roubaud se retourna, il avait la face épaisse et têtue, comme envahie d'ombre par cette nuit qui tombait. Il était décidé, son plan était fait. Dans le jour mourant, il regarda l'heure au coucou, il dit tout haut :

– Cinq heures vingt.

Séverine, qui n'osait l'interroger, le suivait toujours de ses regards anxieux. Elle le vit fureter dans l'armoire, en tirer du papier, une petite bouteille d'encre, une plume.

– Tiens ! tu vas écrire.

– À qui donc ?

– À lui… Assieds-toi. Écris…

Elle tenait la plume, mais sa main tremblait.

– Mon ami, que vas-tu faire ?… Je t'en prie, explique-moi…

– Ce que je vais faire, tu le verras bien… Et, entends-tu, ce que je vais faire, je veux que tu le fasses avec moi… Comme ça nous resterons ensemble, il y aura quelque chose de solide entre nous.

Il lui prit la main, une petite main frêle d'enfant, la serra dans sa poigne de fer, d'une pression continue d'étau, jusqu'à la broyer.

– Écris, écris.

Et elle écrivit, de sa pauvre main douloureuse, péniblement.

– C'est bon, tu es gentille, dit-il, quand il eut la lettre. À présent, range un peu ici, apprête tout… Je reviendrai te prendre.

Il était très calme. Il refit le nœud de sa cravate devant la glace, mit son chapeau, puis s'en alla. Elle l'entendit qui fermait la porte, à double tour, et qui emportait la clef. Un instant, elle resta assise, l'oreille tendue à tous les bruits du dehors. Chez la voisine, la marchande de journaux, il y avait une plainte continue, assourdie : sans doute un petit chien oublié. En bas, chez les Dauvergne, le piano se taisait.

Dès six heures un quart, la machine de l'express du Havre, débouchant du pont de l'Europe, fut envoyée sur son train, et attelée. Une averse venait de cesser, il en restait un souffle d'une humidité glaciale. Cela était immense et triste, noyé d'eau, çà et là piqué d'un feu sanglant, confusément peuplé de masses opaques, les machines et les wagons solitaires, les tronçons de trains dormant sur les voies de garage ; et, du fond de ce lac d'ombre, des bruits arrivaient, des respirations géantes, haletantes de fièvre, des trompes lointaines sonnant, lamentables, au milieu du grondement des rues voisines. Il y eut des ordres à voix haute, pour qu'on ajoutât une voiture.

À six heures vingt, Roubaud et Séverine parurent. Elle venait de rendre la clef à la mère Victoire, en passant devant les cabinets, près des salles d'attente ; et il la poussait, lui impatient et brusque, le chapeau en arrière, elle sa voilette serrée au visage, hésitante, comme brisée de fatigue. Un flot de voyageurs suivait le quai, ils s'y mêlèrent, longèrent la file des wagons. Roubaud avait enfin trouvé un compartiment vide, dans lequel il allait faire monter Séverine, lorsqu'il fut aperçu par le chef de gare, M. Vandorpe, qui se promenait là, les mains derrière le dos, suivant la manœuvre, pour la voiture qu'on ajoutait. Il y eut des saluts, il fallut s'arrêter et causer.

D'abord, on parla de cette histoire du sous-préfet, qui s'était terminée à la satisfaction de tout le monde. Ensuite, il fut question d'un accident arrivé le matin au Havre : une machine, la Lison, qui, le jeudi et le samedi, faisait le service de l'express de six heures trente, avait eu sa bielle cassée, juste comme le train entrait en gare ; et la réparation devait immobiliser là-bas, pendant deux jours, le mécanicien, Jacques Lantier, un pays de Roubaud, et son chauffeur, Pecqueux, l'homme de la mère Victoire. Debout devant la portière du compartiment, Séverine attendait.

Mais il y eut un choc, le train recula de quelques mètres : c'était la machine qui refoulait les premiers wagons sur celui qu'on venait d'ajouter, le 293, pour avoir un coupé réservé. Et le fils Dauvergne, Henri, qui accompagnait le train en qualité de conducteur-chef, ayant reconnu Séverine sous sa voilette, l'avait empêchée d'être heurtée par la portière grande ouverte, en l'écartant d'un geste prompt ; puis, s'excusant, très aimable, il lui expliqua que le coupé était pour un des administrateurs de la Compagnie, qui venait d'en faire la demande. Elle eut un petit rire nerveux, sans cause, et il courut à son service.

L'horloge marquait six heures vingt-sept. Brusquement, Roubaud, qui guettait au loin les portes des salles d'attente, tout en causant avec le chef de gare, quitta celui-ci, pour revenir près de Séverine. Mais le wagon avait marché, ils durent rejoindre le compartiment vide, à quelques pas ; il la fit monter d'un effort du poignet, tandis que, dans sa docilité anxieuse, elle regardait instinctivement en arrière, pour savoir. C'était un voyageur attardé qui arrivait, n'ayant à la main qu'une couverture, le bord de son chapeau rond si bas sur les sourcils, qu'on ne distinguait de la face qu'un peu de barbe blanche. Pourtant M. Vandorpe s'était avancé, malgré le désir évident que le voyageur avait de n'être pas vu. Il ne le salua que trois wagons plus loin, devant le coupé réservé, où il monta en hâte. C'était lui. Séverine, tremblante, s'était laissée tomber sur la banquette. Son mari lui broyait le bras d'une étreinte, exultant, maintenant qu'il était certain de faire la chose.

Dans une minute, la demie sonnerait. Un marchand s'entêtait à offrir les journaux du soir, des voyageurs se promenaient encore sur le quai, finissant une cigarette. Mais tous montèrent : on entendait venir, des deux bouts du train, les surveillants fermant les portières. Et Roubaud, qui avait eu la surprise désagréable d'apercevoir, dans ce compartiment qu'il croyait vide, une forme sombre occupant un coin, ne put retenir une exclamation de véritable colère, lorsque la portière fut rouverte et qu'un surveillant jeta un couple, un gros homme, une grosse femme, qui s'échouèrent, étouffant. On allait partir.

Le sous-chef de service leva sa lanterne, pour que le mécanicien demandât la voie. Il y eut deux coups de sifflet.

D'abord, le mouvement fut insensible, puis le train roula. Il fila sous le pont de l'Europe, s'enfonça vers le tunnel des Batignolles. Quelques secondes encore, on put le suivre, dans le frisson noir de la nuit. Maintenant, il fuyait, et rien ne devait plus arrêter ce train lancé à toute vapeur. Il disparut.

II

À la Croix-de-Maufras, dans un jardin que le chemin de fer a coupé, la maison est posée de biais, si près de la voie, que tous les trains qui passent l'ébranlent.

Seule, la maison du garde-barrière est là, au coin de la route qui traverse la ligne et qui se rend à Doinville, distant de cinq kilomètres. Le passage à niveau se trouve entre les stations de Malaunay et de Barentin, juste au milieu, à quatre kilomètres de chacune d'elles. On ne saurait imaginer un trou plus reculé, plus séparé des vivants.

Ce soir-là, à la tombée du jour par un temps gris très doux, un voyageur, qui venait de quitter à Barentin un train du Havre, suivait d'un pas allongé le sentier de la Croix-de-Maufras.

Dans le jardin du garde-barrière, une fille tirait de l'eau au puits, une grande fille de dix-huit ans, blonde, forte, à la bouche épaisse, aux grands yeux verdâtres, au front bas, sous de lourds cheveux. Dès qu'elle aperçut le voyageur, descendant le sentier, elle lâcha le seau.

– Tiens ! Jacques ! cria-t-elle.

Lui, avait levé la tête. Il venait d'avoir vingt-six ans, également de grande taille, très brun, beau garçon au visage rond et régulier, mais que gâtaient des mâchoires trop fortes.

– Bonsoir, Flore, dit-il simplement.

Mais ses yeux s'étaient comme troublés d'une fumée rousse, qui les pâlissait. Les paupières battirent, les yeux se détournèrent, dans une gêne subite, un malaise allant jusqu'à la souffrance. Et tout le corps lui-même avait eu un instinctif mouvement de recul.

Puis, désireux de cacher son embarras, comme il lui demandait si sa mère était à la maison, bien qu'il sût celle-ci souffrante, incapable de sortir, elle ne répondit que d'un signe de tête, et retourna au puits, sans un mot, la taille droite et fière.

Jacques, de son pas rapide, traversa l'étroit jardin et entra dans la maison. Là, au milieu de la première pièce, une vaste cuisine où l'on mangeait et où l'on vivait, tante Phasie, ainsi qu'il la nommait depuis l'enfance, était seule, assise près de la table, sur une chaise de paille, les jambes enveloppées d'un vieux châle. C'était une cousine de son père, une Lantier, qui lui avait servi de marraine, et qui, à l'âge de six ans, l'avait pris chez elle, quand, son père et sa mère disparus, envolés à Paris, il était resté à Plassans. Il lui en gardait une vive reconnaissance, il disait que c'était à elle qu'il le devait, s'il avait fait son chemin. Lorsqu'il était devenu mécanicien de première classe à la Compagnie de l'Ouest, il y avait trouvé sa marraine, remariée à un garde-barrière du nom de Misard, exilée avec les deux filles de son premier mariage, dans ce trou perdu de la Croix-de-Maufras. Aujourd'hui, bien qu'âgée de quarante-cinq ans à peine, la belle tante Phasie d'autrefois, si grande, si forte, en paraissait soixante, amaigrie et jaunie, secouée de continuels frissons. Elle eut un cri de joie.

– Comment, c'est toi, Jacques!... Ah! mon grand garçon, quelle surprise!

Il la baisa sur les joues, il lui expliqua qu'il venait d'avoir brusquement deux jours de congé forcé: la Lison, sa machine, en arrivant le matin au Havre, avait eu sa bielle rompue, et comme la réparation ne pouvait être terminée avant vingt-quatre heures, il ne reprendrait son service que le lendemain soir. Alors, il avait voulu l'embrasser. Il coucherait, il ne repartirait de Barentin que par le train de sept heures vingt-six du matin.

– Que tu es gentil d'avoir deviné mon désir de te voir! Enfin, te voilà, et j'en ai si gros, si gros sur le cœur!

Elle s'interrompit, pour jeter craintivement un regard par la fenêtre. De l'autre côté de la voie, on apercevait son mari, Misard, dans un poste de cantonnement, une de ces cabanes de planches, établies tous les cinq ou six kilomètres et reliées par des appareils télégraphiques, afin d'assurer la bonne circulation des trains. Comme s'il avait pu l'entendre, elle baissa la voix, dans un frisson.

– Je crois bien qu'il m'empoisonne!

Jacques eut un sursaut de surprise.

– Oh! tante Phasie, quelle idée! murmura-t-il. Il a l'air si doux et si faible.

Un train allant vers Le Havre venait de passer, et Misard était sorti de son poste, pour fermer la voie derrière lui. Pendant qu'il remontait le levier, mettant au rouge le signal, Jacques le regardait. Un petit homme malingre, les cheveux et la barbe rares, décolorés, la figure creusée et pauvre. Avec cela, silencieux, effacé, sans colère, d'une politesse obséquieuse devant les chefs.

– Ah ! tu ne le connais pas, reprit tante Phasie. Je te dis qu'il doit me faire prendre quelque saleté...

Elle s'enfiévrait d'une rancune sourde et peureuse, elle vidait son cœur, ravie de tenir enfin quelqu'un qui l'écoutait. Où avait-elle eu la tête de se remarier avec un sournois pareil, et sans le sou, et avare, elle plus âgée de cinq ans, ayant deux filles, l'une de six ans, l'autre de huit ans déjà ?

Une sonnerie brusque lui fit jeter au-dehors le même regard inquiet. C'était le poste précédent qui annonçait à Misard un train allant sur Paris. Il arrêta la sonnerie, il sortit pour signaler le train par deux sons de trompe. Flore, à ce moment, vint pousser la barrière ; puis, elle se planta, tenant tout droit le drapeau, dans son fourreau de cuir. On entendit le train s'approcher avec un grondement qui grandissait. Il passa comme en un coup de foudre, au milieu d'un vent de tempête. Déjà Flore s'en retournait à ses légumes, tandis que Misard, après avoir fermé la voie montante derrière le train, allait rouvrir la voie descendante, en abattant le levier pour effacer le signal rouge.

Jacques, qui, autrefois, plaisantait sa marraine sur les ravages qu'elle faisait parmi les inspecteurs de la voie, ne put s'empêcher de sourire, en disant :

– Peut-être bien qu'il est jaloux.

Mais Phasie eut un haussement d'épaules plein de pitié.

– Lui, jaloux! Il ne tient qu'à l'argent... Ce qui nous a fâchés, vois-tu, c'est que je n'ai pas voulu lui donner les mille francs de papa, l'année dernière, quand j'ai hérité. Alors, ainsi qu'il m'en menaçait, ça m'a porté malheur, je suis tombée malade... Et le mal ne m'a plus quittée depuis cette époque, oui: juste depuis cette époque.

Le jeune homme comprit, et comme il croyait à des idées noires de femme souffrante, il essaya encore de la dissuader. Mais elle s'entêtait d'un branle de la tête, en personne dont la conviction est faite. Aussi finit-il par dire:

– Eh bien, rien n'est plus simple, si vous désirez que ça finisse... Donnez-lui vos mille francs.

Un effort extraordinaire la mit debout. Et, ressuscitée, violente:

– Mes mille francs, jamais! J'aime mieux crever... Ah! ils sont cachés, bien cachés, va! On peut retourner la maison, je défie qu'on les trouve...

Elle retomba sur la chaise, épuisée, secouée par un nouveau son de trompe. C'était Misard, au seuil du poste de cantonnement, qui, cette fois, signalait un train allant au Havre. On l'entendit sortir du tunnel. Puis, il passa, dans le tonnerre de ses roues et la masse de ses wagons, d'une force invincible d'ouragan.

Jacques, les yeux levés vers la fenêtre, avait regardé défiler les petites vitres carrées où apparaissaient des profils de voyageurs. Il voulut détourner les idées noires de Phasie, il reprit en plaisantant:

– Marraine, vous vous plaignez de ne jamais voir un chat, dans votre trou... Mais en voilà, du monde!

– Où ça, du monde?... Ah! oui; ces gens qui passent. La belle avance! on ne les connaît pas, on ne peut pas causer.

Bien sûr que la terre entière passait là, pas des Français seulement, des étrangers aussi, des gens venus des contrées les plus lointaines. Et ce qui la rendait triste, c'était, sous ce roulement continu, de sentir que cette foule toujours si haletante ignorait qu'elle fût là, en danger de mort, à ce point que, si son homme l'achevait un soir, les trains continueraient à se croiser près de son cadavre, sans se douter seulement du crime, au fond de la maison solitaire.

Phasie était restée les yeux sur la fenêtre, et elle résuma ce qu'elle éprouvait trop vaguement pour l'expliquer tout au long.

– Ah! c'est une belle invention, il n'y a pas à dire. On va vite, on est plus savant... Mais les bêtes sauvages restent des bêtes sauvages, et on aura beau inventer des mécaniques meilleures encore, il y aura quand même des bêtes sauvages dessous.

Jacques de nouveau hocha la tête, pour dire qu'il pensait comme elle. Depuis un instant, il regardait Flore qui rouvrait la barrière, devant une voiture de carrier, chargée de deux blocs de pierre énormes. La route desservait uniquement les carrières de Bécourt, si bien que, la nuit, la barrière était cadenassée, et qu'il était très rare qu'on fît relever la jeune fille. En voyant celle-ci causer familièrement avec le carrier, un petit jeune homme brun, il s'écria :

– Tiens ! Cabuche est donc malade, que son cousin Louis conduit ses chevaux ?... Ce pauvre Cabuche, le voyez-vous souvent, marraine ?

Elle leva les mains, sans répondre, en poussant un gros soupir. C'était tout un drame, à l'automne dernier, qui n'avait pas été fait pour la remettre : sa fille Louisette, la cadette, placée comme femme de chambre chez Mme Bonnehon, à Doinville, s'était sauvée un soir, affolée, meurtrie, pour aller mourir chez son bon ami Cabuche, dans la maison que celui-ci habitait en pleine forêt. Des histoires avaient couru, qui accusaient de violence le président Grandmorin ; mais on n'osait pas les répéter tout haut. La mère elle-même, bien que sachant à quoi s'en tenir, n'aimait point revenir sur ce sujet. Pourtant, elle finit par dire :

– Non, il n'entre plus, il devient un vrai loup... Cette pauvre Louisette, qui était si mignonne, si blanche, si douce ! Elle m'aimait bien, elle m'aurait soignée, elle ! tandis que Flore, mon Dieu ! elle a pour sûr quelque chose de dérangé, toujours à n'en faire qu'à sa tête, disparue pendant des heures, et fière, et violente !... Tout ça est triste, bien triste.

En écoutant, Jacques continuait à suivre des yeux le fardier, qui, maintenant, traversait la voie. Mais les roues s'embarrassèrent dans les rails, il fallut que le conducteur fît claquer son fouet, tandis que Flore elle-même criait, excitant les chevaux.

– Fichtre ! déclara le jeune homme, il ne faudrait pas qu'un train arrive… Il y en aurait une, de marmelade !

– Oh ! pas de danger, reprit tante Phasie. Flore est drôle des fois, mais elle connaît son affaire, elle ouvre l'œil…

Le fardier était passé, on entendait s'éloigner les secousses profondes des roues dans les ornières. Alors, elle revint à sa préoccupation constante, à l'idée de la santé, chez les autres autant que chez elle.

– Et toi, ça va-t-il tout à fait bien, maintenant ? Tu te rappelles, chez nous, les choses dont tu souffrais, et auxquelles le docteur ne comprenait rien ?

Il eut son vacillement inquiet du regard.

– Je me porte très bien, marraine.

– Vrai ! tout a disparu, cette douleur qui te trouait le crâne, et les coups de fièvre brusques, et ces accès de tristesse qui te faisaient te cacher comme une bête ?

– Je n'ai plus rien, plus rien du tout.

– Allons, tant mieux, mon garçon !… Tu vas dîner avec nous, et tu coucheras là-haut dans le grenier, à côté de la chambre de Flore.

Encore une fois, un son de trompe lui coupa la parole. La nuit était tombée, et tous deux, en se tournant vers la fenêtre, ne distinguèrent plus que confusément Misard causant avec un autre homme. Six heures venaient de sonner, il remettait le service à son remplaçant, le stationnaire de nuit.

– Ah ! le voici, il va rentrer, murmura tante Phasie, reprise de sa peur.

Le train annoncé arrivait, très lourd, très long, avec son grondement de plus en plus haut. Et le jeune homme dut se pencher pour se faire entendre de la malade, ému de l'état misérable où il la voyait se mettre, désireux de la soulager.

– Écoutez, marraine, s'il a vraiment de mauvaises idées, peut-être que ça l'arrêterait, de savoir que je m'en mêle... Vous feriez bien de me confier vos mille francs.

– Mes mille francs ! pas plus à toi qu'à lui !... Je te dis que j'aime mieux crever !

À ce moment, le train passait, dans sa violence d'orage, comme s'il eût tout balayé devant lui. La maison en trembla, enveloppée d'un coup de vent. Malgré la vitesse, par les vitres éclairées des portières, on avait eu la vision des compartiments pleins, les files de têtes rangées, serrées, chacune avec son profil. Elles se succédaient, disparaissaient. Que de monde ! encore la foule, la foule sans fin, au milieu du roulement des wagons, du sifflement des machines, du tintement du télégraphe, de la sonnerie des cloches ! C'était comme un grand corps, un être géant couché en travers de la terre, la tête à Paris, les vertèbres tout le long de la ligne, les membres s'élargissant avec les embranchements, les pieds et les mains au Havre et dans les autres villes d'arrivée. Et ça passait, ça passait, mécanique, triomphal, allant à l'avenir avec une rectitude mécanique, dans l'ignorance volontaire de ce qu'il restait de l'homme, aux deux bords, cachés et toujours vivaces, l'éternelle passion et l'éternel crime.

Ce fut Flore qui rentra la première. À peine glissa-t-elle un regard vers Jacques, qui se détournait, debout devant la fenêtre. Sur le poêle, une soupe aux choux se tenait chaude. Elle la servait, lorsque Misard parut à son tour. Il ne témoigna aucune surprise de trouver là le jeune homme. Phasie, qui, depuis le matin, n'avait pas quitté des yeux la marmite où bouillait la soupe aux choux, en accepta une assiette. Mais son homme s'étant levé pour lui donner son eau ferrée, une carafe où trempaient des clous, elle n'y toucha pas. On s'attarda plus d'une heure.

Puis, Misard, qui, depuis un instant, avait arrêté ses yeux fureteurs sur un angle de la pièce, prit sa casquette et sortit, avec un simple bonsoir. Il braconnait dans les petits ruisseaux voisins, où il y avait des anguilles superbes, et jamais il ne se couchait sans être allé visiter ses lignes de fond.

Dès qu'il ne fut plus là, Phasie regarda fixement son filleul.

– Hein, crois-tu ? l'as-tu vu fouiller du regard là-bas, dans ce coin ?... C'est que l'idée lui est venue que je pouvais avoir caché mon magot derrière le pot à beurre... Ah ! je le connais, je suis sûre que, cette nuit, il ira déranger le pot, pour voir.

Mais des sueurs la prenaient, un tremblement agitait ses membres.

– Regarde, ça y est encore, va ! Il m'aura droguée, j'ai la bouche amère comme si j'avais avalé des vieux sous. Dieu sait pourtant si j'ai rien pris de sa main ! Ce soir, je n'en peux plus, vaut mieux que je me couche. Alors, adieu, mon garçon, parce que, si tu pars à sept heures vingt-six, ce sera de trop bonne heure pour moi. Et reviens, n'est-ce pas ? et espérons que j'y serai toujours.

Il dut l'aider à rentrer dans la chambre, où elle se coucha et s'endormit, accablée. Resté seul, il hésita, se demandant s'il ne devait pas monter s'étendre, lui aussi, sur le foin qui l'attendait au grenier. Mais il n'était que huit heures moins dix, il avait le temps de dormir. Et il sortit à son tour, laissant brûler la petite lampe à pétrole, dans la maison vide et ensommeillée, ébranlée de temps à autre par le tonnerre brusque d'un train.

Dehors, Jacques fut surpris de la douceur de l'air. Il fit le tour du petit potager. Puis, il songea à marcher du côté de Doinville. Mais la vue de la maison solitaire, plantée de biais à l'autre bord de la ligne, l'ayant attiré, il traversa la voie en passant par le portillon. Cette maison, il la connaissait bien, il la regardait à chacun de ses voyages, dans le branle grondant de sa machine. Elle le hantait sans qu'il sût pourquoi, avec la sensation confuse qu'elle importait à son existence. Jamais il n'en avait vu ouvertes ni les portes ni les fenêtres. Tout ce qu'on lui avait appris d'elle, c'était qu'elle appartenait au président Grandmorin ; et, ce soir-là, un désir irrésistible le prenait de tourner autour, pour en savoir davantage.

Longtemps, Jacques resta planté sur la route, en face de la grille. Le chemin de fer, en coupant le jardin, n'avait d'ailleurs laissé devant le perron qu'un étroit parterre, clos de murs ; tandis que, derrière, s'étendait un assez vaste terrain, entouré simplement d'une haie vive. La maison était d'une tristesse lugubre ; et il allait s'éloigner, lorsqu'il remarqua un trou dans la haie. L'idée que ce serait lâche de ne pas entrer le fit passer par le trou. Mais la vue d'une ombre, accroupie à la porte, l'arrêta.

– Comment, c'est toi ? s'écria-t-il, étonné, en reconnaissant Flore. Qu'est-ce que tu fais donc ?

– Tu vois bien, je prends des cordes… Ils ont laissé là un tas de cordes qui pourrissent, sans servir à personne. Alors, moi, comme j'en ai toujours besoin, je viens en prendre.

– Le propriétaire ne vient donc plus ?

– Oh ! depuis l'affaire de Louisette, il n'y a pas de danger que le président risque le bout de son nez à la Croix-de-Maufras.

– Et toi, Tu crois ce que Louisette a raconté, tu crois qu'il a voulu l'avoir, et que c'est en se débattant qu'elle s'est blessée ?

Brusquement violente, elle cria :

– Jamais Louisette n'a menti, ni Cabuche non plus…

Elle avait relevé sa tête puissante, dont l'épaisse toison blonde frisait très bas sur le front ; et, de tout son être solide et souple, montait une sauvage énergie de volonté. Puis, sans relever la tête, comme très absorbée par sa besogne :

– Et toi, tu n'en as pas, d'amoureuse ?

Jacques répondit d'une voix brève :

– Non.

Elle se décida à le regarder.

– Est-ce donc que tu n'aimes que ta machine? On prétend que tu es toujours à la frotter, comme si tu n'avais des caresses que pour elle...

Lui aussi, maintenant, la regardait, à la pâle clarté du ciel fumeux. Et il se souvenait d'elle, quand elle était petite, violente et volontaire déjà, mais lui sautant au cou dès qu'il arrivait, prise d'une passion de fillette sauvage. À cette heure, elle était femme, superbe, désirable, et elle l'aimait sans doute, de très loin, du fond même de sa jeunesse. Son cœur se mit à battre, il eut la sensation soudaine d'être celui qu'elle attendait. Un grand trouble montait à son crâne avec le sang de ses veines, son premier mouvement fut de fuir, dans l'angoisse qui l'envahissait. Toujours le désir l'avait rendu fou, il voyait rouge.

– Qu'est-ce que tu fais là, debout? reprit-elle. Assieds-toi donc!

Il se laissa tomber près d'elle, sur le tas de cordes. Il ne parlait plus, la gorge sèche.

Elle avait laissé glisser les ciseaux, et lui, toujours muet, s'était emparé de ses deux mains. Ravie, elle les lui abandonnait. Pourtant, lorsqu'il les porta à ses lèvres brûlantes, elle eut un sursaut effaré de vierge.

– Non, non! laisse-moi, je ne veux pas... Tiens-toi tranquille, nous causerons... Ça ne pense qu'à ça, les hommes.

Lui, ne l'écoutait pas, ne l'entendait pas. Il l'avait saisie d'une étreinte brutale. Elle eut un léger cri, une plainte plutôt, si profonde, si douce, où éclatait l'aveu de sa tendresse longtemps cachée. Mais elle luttait toujours, se refusait quand même, par un instinct de combat. Un instant, elle sembla devoir être la plus forte, s'il ne l'avait pas empoignée à la gorge. Le corsage fut arraché, les deux seins jaillirent, d'une blancheur de lait, dans l'ombre claire. Et elle s'abattit sur le dos, elle se donnait, vaincue.

Alors, lui, haletant, s'arrêta, la regarda. Une fureur semblait le prendre, une férocité qui le faisait chercher des yeux, autour de lui, une arme, une pierre, quelque chose enfin pour la tuer. Ses regards rencontrèrent les ciseaux, luisant parmi les bouts de corde ; et il les ramassa d'un bond. Mais un grand froid le dégrisait, il les rejeta, il s'enfuit, éperdu ; tandis qu'elle, les paupières closes, croyait qu'il la refusait à son tour, parce qu'elle lui avait résisté.

Jacques fuyait dans la nuit mélancolique. Il monta au galop le sentier d'une côte, retomba au fond d'un étroit vallon. Ce pays désert, coupé de monticules, était comme un labyrinthe sans issue, où tournait sa folie, dans la morne désolation des terrains incultes. Et, depuis de longues minutes, il battait les pentes, lorsqu'il aperçut devant lui l'ouverture ronde, la gueule noire du tunnel. Un train montant s'y engouffrait, hurlant et sifflant, laissant, disparu, bu par la terre, une longue secousse dont le sol tremblait.

Alors, Jacques, les jambes brisées, tomba au bord de la ligne, et il éclata en sanglots convulsifs, vautré sur le ventre, la face enfoncée dans l'herbe. Mon Dieu ! il était donc revenu, ce mal abominable dont il se croyait guéri ? Voilà qu'il avait voulu la tuer, cette fille ! Tuer une femme, tuer une femme ! cela sonnait à ses oreilles, du fond de sa jeunesse, avec la fièvre grandissante, affolante du désir. Comme les autres, sous l'éveil de la puberté, rêvent d'en posséder une, lui s'était enragé à l'idée d'en tuer une. Elle, mon Dieu ! cette Flore qu'il avait vue grandir ! Ses doigts tordus entrèrent dans la terre, ses sanglots lui déchirèrent la gorge dans un râle d'effroyable désespoir.

Pourtant, il s'efforçait de se calmer, il aurait voulu comprendre. Qu'avait-il donc de différent, lorsqu'il se comparait aux autres ? Là-bas, à Plassans, dans sa jeunesse, souvent déjà il s'était questionné. Sa mère Gervaise, il est vrai, l'avait eu très jeune, à quinze ans et demi ; mais il n'arrivait que le second, elle entrait à peine dans sa quatorzième année, lorsqu'elle était accouchée du premier, Claude ; et aucun de ses deux frères, ni Claude, ni Étienne, né plus tard, ne semblait souffrir d'une mère si enfant et d'un père gamin comme elle, ce beau Lantier, dont le mauvais cœur devait coûter à Gervaise tant de larmes. Peut-être aussi ses frères avaient-ils chacun son mal, qu'ils n'avouaient pas, l'aîné surtout qui se dévorait à vouloir être peintre, si rageusement, qu'on le disait à moitié fou de son génie. La famille n'était guère d'aplomb, beaucoup avaient une fêlure. Lui, à certaines heures, la sentait bien, cette fêlure héréditaire ; non pas qu'il fût d'une santé mauvaise, car l'appréhension et la honte de ses crises l'avaient seules maigri autrefois ; mais c'étaient, dans son être, de subites pertes d'équilibre, comme des cassures, des trous par lesquels son moi lui échappait, au milieu d'une sorte de grande fumée qui déformait tout. Il ne s'appartenait plus, il obéissait à ses muscles, à la bête enragée. Pourtant, il ne buvait pas, il se refusait même un petit verre d'eau-de-vie, ayant remarqué que la moindre goutte d'alcool le rendait fou. Et il en venait à penser qu'il payait pour les autres, les pères, les grands-pères, qui avaient bu, les générations d'ivrognes dont il était le sang gâté, un lent empoisonnement, une sauvagerie qui le ramenait avec les loups mangeurs de femmes, au fond des bois

Il se rappelait bien, il était âgé de seize ans à peine, la première fois, lorsque le mal l'avait pris, un soir qu'il jouait avec une gamine ; elle était tombée, il avait vu ses jambes, et il s'était rué. Chaque fois, c'était comme une soudaine crise de rage aveugle, une soif toujours renaissante de venger des offenses très anciennes, dont il aurait perdu l'exacte mémoire. Cela venait-il donc de si loin, du mal que les femmes avaient fait à sa race, de la rancune amassée de mâle en mâle, depuis la première tromperie au fond des cavernes ? Son crâne éclatait sous l'effort, il n'arrivait pas à se répondre, trop ignorant, pensait-il, le cerveau trop sourd, dans cette angoisse d'un homme poussé à des actes où sa volonté n'était pour rien, et dont la cause en lui avait disparu.

Il ne vivait tranquille, heureux, détaché du monde, que sur sa machine. Quand elle l'emportait dans la trépidation de ses roues, à grande vitesse, il ne pensait plus. Et c'était pour cela qu'il aimait si fort sa machine, à l'égal d'une maîtresse apaisante, dont il n'attendait que du bonheur. Il avait choisi ce métier de mécanicien, pour la solitude et l'étourdissement où il y vivait, sans ambition d'ailleurs, arrivé en quatre ans au poste de mécanicien de première classe, gagnant déjà deux mille huit cents francs, ce qui, avec ses primes de chauffage et de graissage, le mettait à plus de quatre mille, mais ne rêvant rien au-delà. Jamais il ne se marierait, il n'avait d'autre avenir que de rouler seul, rouler encore et encore, sans repos. Dans sa petite chambre de la rue Cardinet, d'où l'on voyait le dépôt des Batignolles, auquel appartenait sa machine, que d'heures il se souvenait d'avoir passées, toutes ses heures libres, enfermé comme un moine au fond de sa cellule !

D'un effort, Jacques tenta de se lever. Que faisait-il là, dans l'herbe, par cette nuit tiède et brumeuse d'hiver ? La campagne restait noyée d'ombre ; et l'horizon noir dormait, d'une immobilité de mort. Allons ! il devait être près de neuf heures, le mieux était de rentrer et de se coucher. Mais, dans son engourdissement, il se vit de retour chez les Misard, montant l'escalier du grenier, s'allongeant sur le foin, contre la chambre de Flore, une simple cloison de planches. Non, non ! plutôt passer la nuit à battre la campagne, que de retourner là-bas ! Il s'était relevé d'un bond, il se remit à fuir.

Alors, de nouveau, pendant une demi-heure, il galopa au travers de la campagne noire. Il monta des côtes, il dévala dans des gorges étroites. Son unique pensée était d'aller tout droit, plus loin, toujours plus loin, pour se fuir, pour fuir l'autre, la bête enragée qu'il sentait en lui. Mais il l'emportait, elle galopait aussi fort. Depuis sept mois qu'il croyait l'avoir chassée, il se reprenait à l'existence de tout le monde ; et, maintenant, c'était à recommencer, il lui faudrait encore se battre, pour qu'elle ne sautât pas sur la première femme coudoyée par hasard. Il devait tourner à son insu, car il revint, de l'autre côté, buter contre la voie, après avoir décrit un large demi-cercle, parmi les pentes, hérissées de broussailles, au-dessus du tunnel. Et, vaincu, il restait immobile, lorsque le tonnerre d'un train sortant des profondeurs de la terre l'arrêta. C'était l'express du Havre, parti de Paris à six heures trente, et qui passait là à neuf heures vingt-cinq : un train que, de deux jours en deux jours, il conduisait.

Jacques vit d'abord la gueule noire du tunnel s'éclairer. Puis, dans le fracas qu'elle apportait, ce fut la machine qui en jaillit, avec l'éblouissement de son gros œil rond. Tout de suite les wagons se succédèrent, les petites vitres carrées des portières, violemment éclairées, firent défiler les compartiments pleins de voyageurs, dans un tel vertige de vitesse, que l'œil doutait ensuite des images entrevues. Et Jacques, très distinctement, à ce quart précis de seconde, aperçut, par les glaces flambantes d'un coupé, un homme qui en tenait un autre renversé sur la banquette et qui lui plantait un couteau dans la gorge, tandis qu'une masse noire, peut-être une troisième personne, peut-être un écroulement de bagages, pesait de tout son poids sur les jambes convulsives de l'assassiné. Déjà, le train fuyait, se perdait vers la Croix-de-Maufras.

Cloué sur place, le jeune homme suivait des yeux le train dont le grondement s'éteignait, au fond de la grande paix morte de la campagne. Avait-il bien vu ? Pas un seul trait des deux acteurs du drame ne lui était resté vivace. La masse brune devait être une couverture de voyage, tombée en travers du corps de la victime. Pourtant, il avait cru d'abord distinguer, sous un déroulement d'épais cheveux, un fin profil pâle. Mais tout se confondait, s'évaporait, comme en un rêve. Et tout cela le glaçait, lui semblait si extraordinaire, qu'il finissait par admettre une hallucination, née de l'affreuse crise qu'il venait de traverser.

Pendant près d'une heure encore, Jacques marcha, la tête alourdie de songeries confuses. Sans l'avoir décidé, il finit par revenir vers la Croix-de-Maufras. Puis, lorsqu'il se retrouva devant la maison du garde-barrière, il se dit qu'il n'entrerait pas, qu'il dormirait sous le petit hangar, scellé à l'un des pignons. Mais un rai de lumière passait sous la porte, et il poussa cette porte machinalement. Un spectacle inattendu l'arrêta sur le seuil.

Misard, dans le coin, avait dérangé le pot à beurre ; et, à quatre pattes par terre, une lanterne allumée posée près de lui, il sondait le mur à légers coups de poing, il cherchait. Le bruit de la porte le fit se redresser. Il dit simplement, d'un air naturel :

– C'est des allumettes qui sont tombées.

Et, quand il eut remis en place le pot à beurre, il ajouta :

– Je suis venu prendre ma lanterne, parce que, tout à l'heure, en rentrant, j'ai aperçu un individu étalé sur la voie... Je crois bien qu'il est mort.

Jacques, saisi d'abord à la pensée qu'il surprenait Misard en train de chercher le magot de tante Phasie, fut ensuite si violemment remué par cette nouvelle de la découverte d'un cadavre, qu'il en oublia l'autre drame, celui qui se jouait là, dans cette petite maison perdue. La scène du coupé, la vision si brève d'un homme égorgeant un homme, venait de renaître, à la lueur du même éclair.

– Un homme sur la voie, où donc ? demanda-t-il, pâlissant.

– Là-bas, comme qui dirait à cinq cents mètres.

– Et vous êtes sûr qu'il est mort ?

– Dame ! ça m'a semblé. Avec la lanterne, on verra bien.

Jacques frémissait.

– Venez vite ! venez vite !

Dehors, tandis que son compagnon, sans émotion aucune, suivait la voie, balançant la lanterne, dont le rond de clarté suivait doucement les rails, lui courait en avant, s'irritait de cette lenteur. Il avait peur de ce qui l'attendait là-bas, et il y volait, de tous les muscles de ses membres. Quand il arriva, quand il faillit se cogner dans un tas noir, allongé près de la voie descendante, il resta planté, parcouru des talons à la nuque d'une secousse. Et son angoisse de ne rien distinguer nettement se tourna en jurons contre l'autre, qui s'attardait à plus de trente pas en arrière.

– Mais, nom de Dieu ! arrivez donc ! s'il vivait encore, on pourrait le secourir.

Misard se dandina, s'avança, avec son flegme. Puis, lorsqu'il eut promené la lanterne au-dessus du corps :

– Ah ! ouitche, il a son compte.

L'individu, culbutant sans doute d'un wagon, était tombé sur le ventre, la face contre le sol, à cinquante centimètres au plus des rails. On ne voyait, de sa tête, qu'une couronne épaisse de cheveux blancs. Il était très bien vêtu, un ample paletot de drap bleu, des bottines élégantes, du linge fin. Le corps ne portait aucune trace d'écrasement, beaucoup de sang avait seulement coulé de la gorge et tachait le col de la chemise.

– Un bourgeois à qui on a fait son affaire, reprit tranquillement Misard, après quelques secondes d'examen silencieux.

Puis, se tournant vers Jacques, immobile, béant :

– Faut pas toucher, c'est défendu… Vous allez rester là, à le garder, vous, pendant que moi, je vas courir à Barentin prévenir le chef de gare.

Et, posant la lanterne par terre, près du corps, il s'éloigna de son pas traînard.

Jacques, resté seul, ne bougeait pas, regardait toujours cette masse inerte, effondrée. Et, en lui, l'agitation qui avait précipité sa marche aboutissait à cette pensée aiguë, jaillissante de tout son être : l'autre, l'homme entrevu le couteau au poing, avait osé ! l'autre était allé jusqu'au bout de son désir, l'autre avait tué ! Ah ! n'être pas lâche, se satisfaire enfin, enfoncer le couteau ! Ce qu'il rêvait, l'autre l'avait réalisé, et c'était ça. S'il tuait, il y aurait ça par terre. Son cœur battait à se rompre, son prurit de meurtre s'exaspérait comme une concupiscence au spectacle de ce mort tragique. Oui ! il oserait, il oserait à son tour !

Alors, Jacques fut pris du désir de voir la blessure. Il se rapprocha. Voir comment c'était fait et ce qui avait coulé, voir le trou rouge! Il allait se décider, lorsqu'un petit bruit, à son côté, le fit tressaillir.

C'était Flore, debout, regardant comme lui. Elle avait la curiosité des accidents: dès qu'on annonçait une bête broyée, un homme coupé par un train, on était sûr de la faire accourir. Elle venait de se rhabiller, elle voulait voir le mort. Et, après le premier coup d'œil, elle n'hésita pas, elle. Se baissant, soulevant la lanterne d'une main, de l'autre elle prit la tête, la renversa.

Et la tête apparaissait, dans la clarté jaune, une tête de vieillard, au grand nez, aux yeux bleus d'ancien blond, largement ouverts. Sous le menton, la blessure bâillait, affreuse, une entaille profonde qui avait coupé le cou. Du sang inondait tout le côté droit de la poitrine. À gauche, à la boutonnière du paletot, une rosette de commandeur semblait un caillot rouge, égaré là.

Flore avait eu un léger cri de surprise.

– Tiens! le vieux Grandmorin... Le président.

Un moment encore, elle examina cette face pâle, à la bouche tordue, aux grands yeux d'épouvante.

– Fini de rire avec les filles! reprit-elle plus bas. Ah! ma pauvre Louisette, ah! le cochon, c'est bien fait!

Et un long silence régna. Flore, qui avait reposé la lanterne, attendait, en jetant sur Jacques de lents regards. Un embarras, après la scène de la soirée, l'empêchait de parler la première. Mais un bruit de voix se fit entendre, c'était son père qui ramenait le chef de gare; et, ne voulant pas être vue, elle se décida.

– Tu ne rentres pas te coucher?

Il tressaillit, un débat parut l'agiter un instant. Puis, dans un effort, dans un recul désespéré:

– Non, non!

Elle n'eut pas un geste, et sans même lui jeter l'adieu familier de leur camaraderie d'enfance, elle s'éloigna, se perdit dans les ténèbres, le souffle rauque, comme si elle étouffait des sanglots.

Tout de suite, le chef de gare fut là, avec Misard et deux hommes d'équipe. Lui aussi constata l'identité: c'était bien le président Grandmorin. Le corps pouvait rester à la place où il était tombé, il le fit seulement couvrir d'un manteau. Un employé avait pris, à Barentin, le train de onze heures, pour prévenir le procureur impérial de Rouen. Mais il ne fallait pas compter sur ce dernier avant cinq ou six heures du matin, car il aurait à amener le juge d'instruction, le greffier du tribunal et un médecin. Aussi le chef de gare organisa-t-il un service de garde, près du mort: pendant toute la nuit, on se relaierait.

Et Jacques, avant de se décider à aller s'étendre sous quelque hangar de la station de Barentin, d'où il ne devait repartir pour Le Havre qu'à sept heures vingt, demeura longtemps encore, immobile, obsédé. Dirait-il ce qu'il avait vu, au passage de l'express? Il résolut d'abord de parler. Son devoir n'était pas douteux. Mais, ensuite, il se demanda à quoi bon: il n'apporterait pas un seul fait décisif, il n'oserait affirmer aucun détail précis sur l'assassin. Ce serait imbécile de se mettre là-dedans, de perdre son temps et de s'émotionner, sans profit pour personne. Non, non, il ne parlerait pas ! Et il s'en alla enfin, et il se retourna deux fois, pour voir la bosse noire que le corps faisait sur le sol, dans le rond jaune de la lanterne. Un froid plus vif tombait du ciel fumeux sur la désolation de ce désert, aux coteaux arides. Des trains encore étaient passés, un autre arrivait. Tous se croisaient, dans leur inexorable puissance mécanique, filaient à leur but lointain, à l'avenir, en frôlant, sans y prendre garde, la tête coupée à demi de cet homme, qu'un autre homme avait égorgé.

III

Le lendemain, un dimanche, cinq heures du matin venaient de sonner à tous les clochers du Havre, lorsque Roubaud descendit de la marquise de la gare, pour prendre son service. Il faisait encore nuit. Les portes des salles n'étaient pas ouvertes, les quais s'étendaient déserts, dans ce réveil engourdi de la gare.

Comme il sortait de chez lui, en haut, au-dessus des salles d'attente, Roubaud avait trouvé la femme du caissier, Mme Lebleu, immobile au milieu du couloir central, sur lequel donnaient les logements des employés. Depuis des semaines, cette dame se relevait la nuit pour guetter Mlle Guichon, la buraliste, qu'elle soupçonnait d'une intrigue avec le chef de gare, M. Dabadie.

En bas, Roubaud trouva son collègue Moulin, qui avait fait le service de nuit. Et il prit le service, tandis que Moulin se promenait quelques minutes encore, tout en le mettant au courant des menus faits arrivés depuis la veille : des rôdeurs avaient été surpris au moment de s'introduire dans la salle de consigne ; un crochet d'attelage venait de se rompre, pendant qu'on formait le train de Montivilliers. Silencieux, Roubaud écoutait, d'un visage calme ; et il était seulement un peu blême, sans doute un reste de fatigue.

En marchant le long du quai, les deux hommes étaient arrivés au bout de la halle couverte, à l'endroit où, sur la droite, se trouvait une remise, dans laquelle stationnaient les wagons de roulement, ceux qui, arrivés la veille, servaient à former les trains du lendemain. Ses regards s'étaient fixés sur une voiture de première classe, pourvue d'un coupé, le numéro 293, lorsque l'autre s'écria :

– Ah ! j'oubliais...

La face pâlie de Roubaud se colora, et il ne put retenir un léger mouvement.

– J'oubliais, répéta Moulin. Il ne faut pas que cette voiture parte.

Il y eut un court silence, avant que Roubaud demandât, d'une voix très naturelle :

– Tiens ! pourquoi donc ?

– Parce qu'il y a un coupé retenu pour l'express de ce soir. On n'est pas sûr qu'il en vienne dans la journée, autant garder celui-là.

Quand Roubaud se trouva seul sur le quai, il revint lentement vers le train de Montivilliers, qui attendait. Mais, ce train-là parti, le premier de la journée, il n'eut pas de temps à perdre, il dut immédiatement faire former l'omnibus de cinq heures quarante-cinq, un train pour Rouen et Paris. À cette heure matinale, la besogne du sous-chef de service se compliquait de toutes sortes de soins. Pendant une demi-heure, il se multiplia, n'eut pas une pensée à lui. Puis, le départ de l'omnibus ayant déblayé la gare, il se hâta de se rendre au poste de l'aiguilleur, s'assurer que tout allait bien de ce côté, car un autre train arrivait. Et, alors seulement, il put souffler un instant dans la gare redevenue déserte et silencieuse.

Six heures sonnaient. Roubaud sortit de la halle couverte, d'un pas de promenade ; il respira, en voyant que l'aube se levait enfin. D'un geste machinal, il venait d'ôter sa casquette brodée d'argent, comme pour rafraîchir son front dans l'air vif et pur. Cet horizon accoutumé, le vaste déroulement plat des dépendances de la gare, toute une ville, semblait l'apaiser, le rendre au calme de sa besogne quotidienne, éternellement la même.

Comme Roubaud rentrait sous la halle couverte, il trouva l'équipe qui commençait à former l'express de six heures quarante ; et il crut que les hommes mettaient le 293 sur le chariot, tout l'apaisement de la fraîche matinée s'en alla dans un éclat subit de colère.

– Nom de Dieu ! pas cette voiture-là ! Laissez-la donc tranquille ! Elle ne part que ce soir.

Les hommes de l'équipe le regardaient. Il s'en aperçut, s'arrêta tout d'un coup. Et, silencieux, raidi, il continua de surveiller la manœuvre.

Dès lors, Roubaud eut tout son sang-froid. Il s'occupa activement de l'express, contrôla chaque détail. Et il le regarda longuement s'éloigner, de ce coup d'œil clair des hommes dont une minute de distraction peut coûter des vies humaines.

À huit heures, M. Dabadie, le chef de gare, descendait d'habitude, et le sous-chef allait au rapport. Ce jour-là, il était en retard ; et, deux fois déjà, Roubaud avait poussé la porte du bureau, sans l'y trouver.

Sur la table, le courrier n'était pas même ouvert. Les yeux du sous-chef venaient de tomber, parmi les lettres, sur une dépêche. Puis, comme si une fascination le retenait là, il n'avait plus quitté la porte, se retournant malgré lui, jetant vers la table de courts regards.

Enfin, à huit heures dix, M. Dabadie parut. Roubaud, qui s'était assis, se taisait, pour lui permettre d'ouvrir la dépêche. Mais le chef ne se hâtait point, voulait se montrer aimable avec son subordonné, qu'il estimait.

– Et, naturellement, à Paris, tout a bien marché ?

– Oui, monsieur, je vous remercie.

– Nous sommes très heureux de vous garder ici.

Alors, comme M. Dabadie se décidait à parcourir la dépêche, Roubaud, dont une légère sueur mouillait la face, le regarda. Mais l'émotion à laquelle il s'attendait ne se produisait point ; le chef achevait tranquillement la lecture du télégramme, qu'il rejeta sur son bureau : sans doute un simple détail de service. Et tout de suite il continua d'ouvrir son courrier, pendant que le sous-chef faisait son rapport verbal sur les événements de la nuit et de la matinée. Le chef le congédiait d'un geste, lorsque les deux chefs adjoints entrèrent, venant eux aussi au rapport. Ils apportaient une nouvelle dépêche, qu'un employé venait de leur remettre, sur le quai.

– Vous pouvez vous retirer, dit M. Dabadie, en voyant que Roubaud s'arrêtait à la porte.

Mais celui-ci attendait, les yeux ronds et fixes ; et il ne s'en alla que lorsque le petit papier fut retombé sur la table, écarté du même geste indifférent. Un instant, il erra sous la marquise, perplexe, étourdi. Il marcha pendant quelques minutes, sans savoir où ses pieds le conduisaient.

Une voix, tout d'un coup, l'arrêta.

– Monsieur Roubaud, bonjour!... Vous avez vu ma femme?

C'était Pecqueux, le chauffeur, un grand gaillard de quarante-trois ans, maigre avec de gros os, la face cuite par le feu et par la fumée.

– Comment! c'est vous? dit Roubaud en s'arrêtant, étonné. Ah! oui, l'accident arrivé à la machine, j'oubliais... Et vous ne repartez que ce soir? Un congé de vingt-quatre heures, bonne affaire, hein?

– Bonne affaire! répéta l'autre, gris encore d'une noce faite la veille.

D'un village près de Rouen, il était entré tout jeune dans la Compagnie, comme ouvrier ajusteur. Puis, à trente ans, il avait voulu être chauffeur; et c'était alors qu'il avait épousé Victoire, du même village que lui. Sans conduite, sans bonne tenue, ivrogne, coureur de femmes, vingt fois, on l'aurait congédié, s'il n'avait pas eu la protection du président Grandmorin, et si l'on ne s'était habitué à ses vices, qu'il rachetait par sa belle humeur et par son expérience de vieil ouvrier. Il ne devenait vraiment à craindre que lorsqu'il était ivre, car il se changeait alors en vraie brute, capable d'un mauvais coup.

– Et ma femme, vous l'avez vue? demanda-t-il de nouveau, la bouche fendue par son large rire.

– Certes, oui, nous l'avons vue, répondit le sous-chef. Nous avons même déjeuné dans votre chambre… Ah! une brave femme que vous avez là, Pecqueux. Et vous avez bien tort de ne pas lui être fidèle.

– Oh! si l'on peut dire! Mais c'est elle qui veut que je m'amuse!

C'était vrai. Victoire, son aînée de deux ans, devenue énorme et difficile à remuer, glissait des pièces de cent sous dans ses poches, afin qu'il prît du plaisir dehors. Maintenant l'existence était réglée, il avait deux femmes, une à chaque bout de la ligne.

– N'importe, reprit Roubaud, ce n'est guère gentil. Ma femme, qui adore sa nourrice, veut vous gronder.

Mais il se tut, en voyant sortir d'un hangar, contre lequel ils se trouvaient, une grande femme sèche, Philomène Sauvagnat, la sœur du chef de dépôt, l'épouse supplémentaire que Pecqueux avait au Havre, depuis un an. Elle, encore jeune malgré ses trente-deux ans, haute, anguleuse, la poitrine plate, la chair brûlée de continuels désirs, avait la tête longue d'une cavale maigre et hennissante. Il y avait eu, entre elle et Pecqueux, une vraie rencontre: elle, assouvie enfin, aux bras de ce grand diable rigoleur; lui, changé de sa femme trop grasse, heureux de celle-ci trop maigre.

Eh bien, dit Philomène insolemment, à tout à l'heure, Pecqueux. Je m'en vas, puisque M. Roubaud a de la morale à te faire. Faut que j'aille porter deux œufs de mes poules, que j'ai promis à Mme Lebleu.

Elle avait lancé ce nom exprès, connaissant la rivalité sourde entre la femme du caissier et la femme du sous-chef, affectant d'être au mieux avec la première, pour faire enrager l'autre. Mais elle resta pourtant, tout d'un coup intéressée, lorsqu'elle entendit le chauffeur demander des nouvelles de l'affaire du sous-préfet.

– C'est arrangé, vous êtes content, n'est-ce pas, monsieur Roubaud ?

– Très content.

Pecqueux cligna les yeux d'un air malin.

– Oh ! vous n'aviez pas à être inquiet, parce que, lorsqu'on a un gros bonnet dans sa manche… Hein ? vous savez qui je veux dire. Ma femme aussi lui a bien de la reconnaissance.

Le sous-chef interrompit cette allusion au président Grandmorin.

– Et alors vous ne partez que ce soir ?

– Oui, la Lison va être réparée, on finit d'ajuster la bielle… Et j'attends mon mécanicien, qui s'est donné de l'air, lui. Vous le connaissez, Jacques Lantier ? Il est de votre pays.

Un instant, Roubaud resta sans répondre, absent, l'esprit perdu. Puis, avec un sursaut de réveil :

– Hein ? Jacques Lantier, le mécanicien… Certainement, je le connais. Oh ! vous savez, bonjour, bonsoir. Au revoir, Pecqueux… J'ai à donner un coup d'œil de ce côté.

Comme Roubaud rentrait sous la marquise, neuf heures allaient sonner. À cette heure, la gare était calme, déserte ; et il s'y agitait seul, l'air de plus en plus énervé de cette paix, dans ce tourment de l'homme, menacé d'une catastrophe, qui finit par souhaiter ardemment qu'elle éclate. Son sang-froid était à bout, il ne pouvait tenir en place. Maintenant, ses yeux ne quittaient plus l'horloge. Neuf heures, neuf heures cinq. D'ordinaire, il ne remontait chez lui qu'à dix heures, après le départ du train de neuf heures cinquante, pour déjeuner. Et, tout d'un coup, il remonta, à la pensée de Séverine, qui, elle aussi, là-haut, devait attendre.

Dans le couloir, à cette minute précise, Mme Lebleu ouvrait à Philomène, venue en voisine, décoiffée, et tenant deux œufs. Elles restèrent, il fallut bien que Roubaud rentrât chez lui, sous leurs yeux braqués. Il avait sa clef, il se hâta. Tout de même, dans le va-et-vient rapide de la porte, elles aperçurent Séverine, assise sur une chaise de la salle à manger, les mains oisives, le profil pâle, immobile. Et, attirant Philomène, Mme Lebleu raconta qu'elle l'avait déjà vue de la sorte, le matin. Alors, les deux femmes se perdirent en conjectures. C'étaient ainsi, à chacune de leurs rencontres, des commérages sans fin.

La rivalité, de plus en plus envenimée entre les Lebleu et les Roubaud, était simplement née d'une question de logement. Sur le devant, habitaient le chef de gare, le sous-chef Moulin et les Lebleu ; sur le derrière, les Roubaud, ainsi que la buraliste, Mlle Guichon. Or, il était notoire que les deux sous-chefs avaient toujours logé côte à côte. Si les Lebleu étaient là, cela venait d'une complaisance de l'ancien sous-chef, remplacé par Roubaud, qui avait voulu être agréable à Mme Lebleu, en lui cédant son logement. Mais est-ce que ce logement n'aurait pas dû faire retour aux Roubaud? Est-ce que cela était juste, de les reléguer sur le derrière, quand ils avaient le droit d'être sur le devant? Tant que les deux ménages avaient vécu en bon accord, Séverine s'était effacée devant sa voisine, plus âgée qu'elle de vingt ans, mal portante avec ça, si énorme qu'elle étouffait sans cesse. Et la guerre n'était vraiment déclarée que depuis le jour où Philomène avait fâché les deux femmes, par d'abominables bavardages.

– Vous savez, reprit celle-ci, qu'ils sont bien capables d'avoir profité de leur voyage à Paris, pour demander votre expulsion...

Mme Lebleu suffoquait.

– Les misérables!... Je ne veux pas me laisser manger... Nous sommes ici, nous y resterons. Les braves gens sont pour nous, n'est-ce pas, ma petite?

À neuf heures vingt, Roubaud était de nouveau en bas, sous la marquise. Il surveillait la formation de l'omnibus de neuf heures cinquante; et, malgré l'effort de sa volonté, il gesticulait davantage, il piétinait, tournait sans cesse la tête pour inspecter le quai du regard, d'un bout à l'autre. Rien n'arrivait, ses mains en tremblaient.

Puis, brusquement, comme il fouillait encore la gare d'un coup d'œil en arrière, il entendit près de lui la voix d'un employé du télégraphe, disant, essoufflée:

– Monsieur Roubaud, vous ne savez pas où sont M. le chef de gare et M. le commissaire de surveillance... J'ai là des dépêches pour eux, et voici dix minutes que je cours...

Ses yeux se fixèrent sur les deux dépêches que tenait l'employé. Cette fois, à l'émotion de celui-ci, il en avait la certitude, c'était enfin la catastrophe. Et jamais il ne s'était senti si froid, d'intelligence si nette.

– Tenez ! le voici qui arrive, M. Dabadie.

En effet, le chef de gare revenait de la petite vitesse. Dès qu'il eut parcouru la dépêche, il s'exclama :

– Il y a eu un assassinat sur la ligne… C'est l'inspecteur de Rouen qui me télégraphie.

– Comment ? demanda Roubaud, un assassinat parmi notre personnel ?

– Non, non, sur un voyageur, dans un coupé… Le corps a été jeté, presque au sortir du tunnel de Malaunay… Et la victime est un de nos administrateurs, le président Grandmorin.

À son tour, le sous-chef s'exclamait.

– Le président ! ah ! ma pauvre femme, va-t-elle être chagrine !

Le cri était si juste, si apitoyé, que M. Dabadie s'y arrêta un instant.

– C'est vrai, vous le connaissiez, un si brave homme, n'est-ce pas ?

Puis, revenant à l'autre télégramme, adressé au commissaire de surveillance :

– Ça doit être du juge d'instruction… Et il n'est que neuf heures vingt-cinq, M. Cauche n'est pas encore là, naturellement… Qu'on aille vite au café du Commerce. On l'y trouvera à coup sûr.

Cinq minutes plus tard, M. Cauche arrivait, ramené par un homme d'équipe. Ancien officier, considérant son emploi comme une retraite, ce drame, tombé entre deux parties de piquet, l'avait d'abord étonné. Mais la dépêche venait bien du juge d'instruction de Rouen. Tout de suite, la mauvaise humeur que M. Cauche montrait, d'avoir été dérangé inutilement sans doute, disparut et fit place à une attitude d'extrême importance.

– Mais, s'écria-t-il, subitement inquiet, avec la peur de voir l'enquête lui échapper, la voiture ne doit plus être ici, elle a dû repartir ce matin.

Ce fut Roubaud qui le rassura, de son air calme.

– Non, non, la voiture est là, sous la remise.

Et il marcha le premier, le commissaire et le chef de gare le suivirent. Cependant, la nouvelle devait se répandre, car les hommes d'équipe, sournoisement, quittaient la besogne, suivaient eux aussi ; tandis que, sur les portes des divers services, des employés se montraient, finissaient par s'approcher, un à un. Bientôt, il y eut là un rassemblement.

Comme on arrivait devant la voiture, M. Dabadie fit tout haut une réflexion :

– Pourtant, hier soir, la visite a eu lieu. S'il était resté des traces, on les aurait signalées au rapport.

– Nous allons bien voir, dit M. Cauche.

Il ouvrit la portière, il monta dans le coupé. Et, à l'instant même, il se récria, s'oubliant, jurant.

– Ah ! nom de Dieu ! on dirait qu'on a saigné un cochon !

À l'intérieur, le coupé ne montrait aucun désordre. Les glaces étaient restées fermées, tout semblait en place. Seulement, une odeur affreuse s'échappait de la portière ouverte ; et là, au milieu d'un des coussins, une mare de sang noir s'était coagulée, une mare si profonde, si large, qu'un ruisseau en avait jailli comme d'une source, s'épanchant sur le tapis.

M. Dabadie s'emporta :

– Où sont les hommes qui ont fait la visite, hier soir ? Qu'on me les amène !

Ils étaient justement là, ils s'avancèrent, balbutièrent des excuses : la nuit, est-ce qu'on pouvait se rendre compte ?

Cependant, M. Cauche prenait des notes au crayon, pour son rapport.

Le flot de monde s'était rapproché, flairant le crime, se pressant derrière le chef de gare qu'une répugnance d'homme délicat avait retenu sur le marchepied.

Soudain, celui-ci fit une réflexion :

– Dites donc, monsieur Roubaud, vous étiez dans le train… N'est-ce pas ? Vous êtes bien rentré par l'express, hier soir. Vous pourriez peut-être nous donner des renseignements, vous !

Pendant trois ou quatre secondes, Roubaud demeura muet. Il était baissé à ce moment, examinant le tapis. Mais il se releva presque tout de suite, en répondant de sa voix naturelle, un peu grosse :

– Certainement, certainement. Ma femme était avec moi. Si ce que je sais doit figurer au rapport, j'aimerais bien qu'elle descendît, pour contrôler mes souvenirs par les siens.

Cela parut très raisonnable à M. Cauche, et Pecqueux, qui venait d'arriver, offrit d'aller chercher

Mme Roubaud. Philomène, accourue avec le chauffeur, l'avait suivi des yeux, irritée de ce qu'il se chargeait de cette commission. Mais, ayant aperçu Mme Lebleu, qui se hâtait, de toute la vitesse de ses pauvres jambes enflées, elle se précipita, l'aida ; et les deux femmes poussèrent des exclamations, passionnées par la découverte d'un si abominable crime.

Ce fut à petits pas réguliers que Séverine s'avança. Il y avait tout un long bout du quai à suivre, sous les yeux qui la regardaient venir ; et elle ne faiblissait pas, elle appuyait simplement son mouchoir sur ses paupières, dans la grosse douleur qu'elle venait d'éprouver, en apprenant le nom de la victime. Vêtue d'une robe de laine noire, très élégante, elle semblait porter le deuil de son protecteur.

Lorsque Séverine fut là, au milieu de tout ce monde, devant la portière ouverte du coupé, M. Cauche et Roubaud en descendirent ; et, tout de suite, ce dernier commença à dire ce qu'il savait.

– N'est-ce pas, ma chère, hier matin, nous sommes allés voir M. Grandmorin… Il pouvait être onze heures un quart, n'est-ce pas ?

Il la regardait fixement, elle répéta d'une voix docile :

– Oui, onze heures un quart.

Mais ses yeux s'étaient arrêtés sur le coussin noir de sang, elle eut un spasme, des sanglots profonds jaillirent de sa gorge. Et le chef de gare, ému, empressé, intervint :

– Madame, si vous ne pouviez supporter ce spectacle…

– Oh ! simplement deux mots, interrompit le commissaire.

Roubaud se hâta de continuer :

– C'est alors, après avoir causé de différentes choses, que M. Grandmorin nous annonça qu'il devait partir le lendemain, pour aller à Doinville…

M. Cauche leva la tête.

– Comment, le lendemain ? mais puisqu'il est parti le soir !

– Attendez donc ! répliqua le sous-chef. Le soir, nous sommes partis… Avant de nous installer dans notre compartiment, j'ai causé avec M. Vandorpe, le chef de gare. Et je n'ai rien vu du tout. J'étais très ennuyé, parce que je nous croyais seuls, et qu'il y avait, dans un coin, une dame que je n'avais pas remarquée ; d'autant plus que deux autres personnes, un ménage, sont encore montées au dernier moment… À Rouen, comme nous étions descendus pour nous dégourdir les jambes, quelle n'a pas été notre surprise d'apercevoir M. Grandmorin, debout à la portière d'un coupé ! Et il nous a expliqué qu'il avait reçu une dépêche… On a sifflé, nous sommes remontés vite dans notre compartiment, où, par parenthèse, nous n'avons retrouvé personne, tous nos compagnons de route s'étant arrêtés à Rouen, ce qui ne nous a pas fait de peine… Et voilà ! c'est bien tout, ma chère, n'est-ce pas ?

– Oui, c'est bien tout.

Ce récit, si simple qu'il fût, avait fortement impressionné l'auditoire. Tous attendaient de comprendre, la face béante.

Le commissaire, cessant d'écrire, exprima la surprise générale, en demandant :

– Et vous êtes sûr qu'il n'y avait personne dans le coupé, avec M. Grandmorin ?

– Oh ! ça, absolument sûr.

Un frémissement courut. Ce mystère qui se posait, soufflait de la peur, un petit froid que chacun sentit passer sur sa nuque. Si le voyageur était seul, par qui avait-il pu être assassiné et jeté du coupé, à trois lieues de là, avant un nouvel arrêt du train ?

– Extraordinaire, murmura M. Cauche.

– Tout à fait extraordinaire, répéta M. Dabadie.

Alors, Roubaud se décida :

– Ce dont je suis encore bien sûr, c'est que l'express a marché à sa vitesse réglementaire... Nous trouvant seuls, j'avais baissé la glace, pour fumer une cigarette ; je me rendais parfaitement compte de tous les bruits du train... Même, à Barentin, ayant reconnu sur le quai M. Bessière, le chef de gare, mon successeur, je l'ai appelé, et nous avons échangé trois paroles... N'est-ce pas, ma chère, on peut l'interroger, M. Bessière le dira.

Séverine, toujours immobile et pâle, son fin visage noyé de chagrin, confirma une fois de plus la déclaration de son mari. Dès ce moment, toute accusation devenait impossible, si les Roubaud, remontés à Rouen, dans leur compartiment, y avaient été salués, à Barentin, par un ami.

– Voyons, dit le commissaire, êtes-vous bien certain que personne n'a pu monter dans le coupé, après que vous avez eu quitté M. Grandmorin ?

– Oh ! non, je ne crois pas… Après tout, je ne sais pas… Il y avait une vraie bousculade… Ma foi ! oui, il est très possible que quelqu'un se soit introduit de force dans le coupé, à la dernière seconde.

Dès lors, la piste était donnée. Un long mouvement avait agité la foule, qui sentait que l'enquête était finie, et qu'un besoin de commentaires tourmentait : tout de suite des suppositions circulèrent, chacun avait une histoire. Depuis un instant, le service de la gare se trouvait comme suspendu ; et ce fut une surprise que de voir entrer sous la marquise le train de neuf heures trente-huit. On courut, les portières s'ouvrirent, le flot des voyageurs s'écoula.

Pecqueux, gesticulant entre Mme Lebleu et Philomène, aperçut à ce moment son mécanicien, Jacques Lantier, qui venait de descendre du train et qui, immobile, regardait de loin le rassemblement. Il l'appela violemment de la main. Jacques ne bougeait pas. Enfin, il se décida, d'une marche lente.

– Quoi donc ? demanda-t-il à son chauffeur.

Il savait bien, il n'écouta que d'une oreille distraite la nouvelle de l'assassinat et les suppositions que l'on faisait. Ce qui le surprenait, le remuait étrangement, c'était de tomber au milieu de cette enquête, de retrouver ce coupé, entrevu dans les ténèbres, lancé à toute vitesse. Il allongea le cou, regarda la mare de sang caillé sur le coussin ; et il revoyait la scène du meurtre, il revoyait surtout le cadavre, étendu en travers de la voie, là-bas, avec sa gorge ouverte. Puis, comme il détournait les yeux, il remarqua les Roubaud. L'homme, il le connaissait, pour lui serrer la main, parfois ; la femme, il l'avait entrevue de loin en loin, il s'était écarté d'elle comme des autres, dans sa peur maladive. Mais, à cette minute, ainsi pleurante et pâle, avec la douceur effarée de ses yeux bleus sous l'écrasement noir de sa chevelure, elle le frappa. Il ne la quittait plus du regard, et il eut une absence, il se demanda, étourdi, pourquoi les Roubaud et lui étaient là, comment les faits avaient pu les réunir devant cette voiture du crime, eux de retour de Paris, la veille, lui revenu de Barentin à l'instant même.

– Oh ! je sais, je sais, dit-il tout haut, interrompant le chauffeur. J'étais justement là-bas, à la sortie du tunnel, cette nuit, et j'ai bien cru voir quelque chose, au moment où le train a passé.

Ce fut une grosse émotion, tous l'entourèrent. Et lui, le premier, avait frémi, étonné, bouleversé de ce qu'il venait de dire. Pourquoi avait-il parlé ? Tant de bonnes raisons lui conseillaient le silence ! Et les mots étaient inconsciemment sortis de ses lèvres, tandis qu'il regardait cette femme.

Mais le commissaire s'était vivement approché.

– Quoi ? qu'avez-vous vu ?

Et Jacques, sous le regard immobile de Séverine, dit ce qu'il avait vu : le coupé éclairé, passant dans la nuit, à toute vapeur, et les profils fuyants des deux hommes, l'un renversé, l'autre le couteau au poing. Près de sa femme, Roubaud écoutait, en fixant sur lui ses gros yeux vifs.

– Alors, demanda le commissaire, vous reconnaîtriez l'assassin ?

– Oh ! ça, non, je ne crois pas. Songez donc, un train qui devait marcher à une vitesse de quatre-vingts kilomètres !

Séverine, en dehors de sa volonté, échangea un coup d'œil avec Roubaud, qui eut la force de dire :

– En effet, il faudrait avoir de bons yeux.

– N'importe, conclut M. Cauche, voilà une déposition importante. Le juge d'instruction vous aidera à voir clair dans tout ça… Monsieur Lantier et monsieur Roubaud, donnez-moi vos noms bien exacts, pour les citations.

C'était fini, le groupe des curieux se dissipa peu à peu, le service de la gare reprit son activité. Roubaud surtout dut courir s'occuper de l'omnibus de neuf heures cinquante. Il avait donné à Jacques une poignée de main, plus vigoureuse que de coutume ; et celui-ci, resté seul avec Séverine, s'était cru forcé d'accompagner la jeune femme sous la marquise, comme si un lien venait de se nouer entre eux.

IV

Ce jour-là, M. Denizet, le juge d'instruction, avait mandé de nouveau à son cabinet, au palais de justice de Rouen, certains témoins importants de l'affaire Grandmorin.

Depuis trois semaines, cette affaire faisait un bruit énorme. Elle avait bouleversé Rouen, elle passionnait Paris, et les journaux de l'opposition, dans la violente campagne qu'ils menaient contre l'empire, venaient de la prendre comme machine de guerre. D'une part, on laissait entendre que la victime, ancien magistrat, commandeur de la Légion d'honneur, riche à millions, était adonnée aux pires débauches ; de l'autre, l'instruction n'ayant pas abouti jusque-là, on commençait à accuser la police et la magistrature de complaisance, on plaisantait sur cet assassin légendaire resté introuvable.

Aussi, M. Denizet sentait-il bien toute la lourde responsabilité qui pesait sur lui. Il se passionnait, lui aussi, d'autant plus qu'il avait de l'ambition et qu'il attendait ardemment une affaire de cette importance, pour mettre en lumière les hautes qualités de perspicacité et d'énergie qu'il s'accordait.

Un ami lui avait conseillé de se rendre à Paris, au ministère de la Justice. Là, il avait longuement causé avec le secrétaire général, M. Camy-Lamotte, personnage considérable, chargé des nominations. L'affaire lui était arrivée naturellement entre les mains, le procureur impérial de Rouen, inquiet de ce drame louche où un ancien magistrat se trouvait être la victime, ayant pris la précaution d'en référer au ministre, qui s'était déchargé à son tour sur son secrétaire général. Et, ici, il y avait eu une rencontre : M. Camy-Lamotte était justement un ancien condisciple du président Grandmorin, resté avec lui sur un pied d'amitié si étroite, qu'il le connaissait à fond, jusque dans ses vices. Aussi parlait-il de la mort tragique de son ami avec une affliction profonde, et il n'avait entretenu M. Denizet que de son désir ardent d'atteindre le coupable. Mais il s'était permis de lui recommander beaucoup de tact. En somme, le juge avait compris qu'il ferait bien de ne pas se hâter, de ne rien risquer sans approbation préalable. On voulait connaître la vérité, pour la cacher mieux, s'il était nécessaire.

Cependant, des jours se passèrent, et M. Denizet s'irritait des plaisanteries de la presse. Il était emporté par le besoin de trouver la vraie piste, par la gloire d'être le premier à l'avoir flairée, quitte à l'abandonner, si on lui en donnait l'ordre. Brusquement, l'ouverture du testament du président Grandmorin réveilla en lui un soupçon, dont il s'était senti effleuré dès les premières heures : la culpabilité possible des Roubaud. Ce testament, encombré de legs étranges, en contenait un par lequel Séverine était instituée légataire de la maison située au lieu dit la Croix-de-Maufras.

Dès lors, le mobile du meurtre était trouvé : les Roubaud avaient pu assassiner leur bienfaiteur pour entrer en jouissance immédiate. Une autre piste existait bien, celle de l'homme qui, grâce à la bousculade du départ, pouvait être monté dans le coupé. C'était le fameux assassin introuvable, légendaire, dont tous les journaux de l'opposition ricanaient. La piste ne semblait devoir mener à rien de bon, lorsque le juge, en interrogeant le garde-barrière Misard, tomba sans le vouloir sur la dramatique aventure de Cabuche et de Louisette, cette enfant qui, violentée par le président, serait allée mourir chez son bon ami. Ce fut pour lui le coup de foudre, d'un bloc l'acte d'accusation classique se formula dans sa tête. Tout s'y trouvait, des menaces de mort proférées par le carrier contre la victime, des antécédents déplorables, un alibi invoqué maladroitement, impossible à prouver. En secret, dans une minute d'inspiration énergique, il avait fait, la veille, enlever Cabuche de la petite maison qu'il occupait au fond des bois, sorte de tanière perdue, où l'on avait trouvé un pantalon taché de sang. Et, tout en se défendant encore contre la conviction qui l'envahissait, tout en se promettant de ne pas lâcher l'hypothèse des Roubaud, il exultait à l'idée que lui seul avait eu le nez assez fin pour découvrir l'assassin véritable. C'était dans le but de se faire une certitude qu'il avait mandé, ce jour-là, à son cabinet, plusieurs des témoins déjà entendus, au lendemain du crime.

Dès une heure et demie, bien que la citation ne fût que pour deux heures, les Roubaud étaient là.

Bien qu'il les eût comblés de joie, le legs de la Croix-de-Maufras venait de raviver leurs craintes; car la famille du président parlait d'attaquer le testament; et Mme de Lachesnaye se montrait particulièrement dure contre son ancienne amie Séverine, qu'elle chargeait des soupçons les plus graves. D'autre part, la pensée d'une preuve, à laquelle Roubaud n'avait pas songé d'abord, le hantait maintenant d'une peur continue: la lettre qu'il avait fait écrire à sa femme afin de décider Grandmorin à partir, cette lettre qu'on allait retrouver et dont on pouvait reconnaître l'écriture. Heureusement, les jours passaient, rien ne s'était encore produit, la lettre devait avoir été déchirée. Chaque citation nouvelle, au cabinet du juge d'instruction, n'en demeurait pas moins, pour le ménage, une cause de sueurs froides, sous leur correcte attitude d'héritiers et de témoins.

Deux heures sonnèrent. Jacques parut à son tour. Tout de suite, Roubaud s'avança, la main tendue.

– Ah! vous aussi, on vous a dérangé…

Jacques, en apercevant Séverine, venait de s'arrêter net.

– Et, reprit Roubaud, que dit-on de l'affaire, à Paris? Rien de nouveau, n'est-ce pas?… Venez donc dire bonjour à ma femme.

Il l'entraîna, il fallut que Jacques s'approchât, saluât Séverine, gênée, souriante de son air d'enfant peureux. Il s'efforçait de causer de choses indifférentes, sous les regards du mari et de la femme qui ne le quittaient pas. Pourquoi était-il si froid? pourquoi semblait-il chercher à les éviter? Est-ce que ses souvenirs se réveillaient, est-ce que c'était pour les confronter avec lui qu'on les avait rappelés ? Cet unique témoin qu'ils redoutaient, ils auraient voulu le conquérir, se l'attacher par des liens d'une fraternité si étroite, qu'il ne trouvât plus le courage de parler contre eux.

Ce fut le sous-chef, torturé, qui revint à l'affaire.

– Alors, vous ne vous doutez pas pour quelle raison on nous cite ? peut-être y a-t-il du nouveau ?

Jacques eut un geste d'indifférence.

– Un bruit circulait tout à l'heure. On parlait d'une arrestation.

Les Roubaud s'étonnèrent, très perplexes. Comment, une arrestation ? Une arrestation faite, ou une arrestation à faire ? Ils l'accablaient de questions, mais il n'en savait pas davantage.

À ce moment, dans le couloir, un bruit de pas éveilla l'attention de Séverine.

– Voici Berthe et son mari, murmura-t-elle.

C'étaient, en effet, les Lachesnaye. Ils passèrent très raides devant les Roubaud, la jeune femme n'eut pas même un regard pour son ancienne camarade. Et un huissier les introduisit tout de suite dans le cabinet du juge d'instruction.

– Ah bien ! Il faut nous armer de patience, dit Roubaud. Nous sommes là pour deux bonnes heures… Asseyez-vous donc !

Lui-même venait de se placer à gauche de Séverine, et de la main il invitait Jacques à se mettre de l'autre côté, près d'elle. Celui-ci resta debout un instant encore. Puis il se laissa aller sur la banquette.

Et la tiédeur légère qui émanait de cette femme l'engourdissait lentement, tout entier.

Dans le cabinet de M. Denizet, les interrogatoires allaient commencer. Déjà l'instruction avait fourni la matière d'un dossier énorme. Et le dossier se compliquait encore des pièces judiciaires : le procès-verbal de constat rédigé par le greffier, toute une volumineuse description de l'endroit de la voie ferrée où la victime gisait, de la position du corps, des objets trouvés dans les poches ; le procès-verbal du médecin ; d'autres documents sur le transport du cadavre à l'hôpital de Rouen, sur le temps qu'il y était resté. Mais, de ce nouvel amas de paperasses, demeuraient seulement deux ou trois points importants. D'abord, dans les poches, on n'avait retrouvé ni la montre, ni un petit portefeuille, où devaient être dix billets de mille francs, somme due par le président Grandmorin à sa sœur, Mme Bonnehon, et que celle-ci attendait. Il aurait donc semblé que le crime avait eu le vol pour mobile, si d'autre part une bague, ornée d'un gros brillant, n'était restée au doigt. De là toute une série d'hypothèses. On n'avait malheureusement pas les numéros des billets de banque ; mais la montre était connue, une montre très forte, à remontoir, portant sur le boîtier les deux initiales entrelacées du président et dans l'intérieur un chiffre de fabrication, le numéro 2516. Enfin, l'arme, le couteau dont l'assassin s'était servi, avait donné lieu à des recherches considérables ; mais elles étaient demeurées inutiles. On avait seulement ramassé, à une centaine de mètres avant la station de

Barentin, la couverture de voyage de la victime ; et elle figurait parmi les pièces à conviction.

Lorsque les Lachesnaye entrèrent, M. Denizet relisait un des premiers interrogatoires. Tout de suite, il se montra aimable pour Mme de Lachesnaye. Mais il fut simplement poli pour M. de Lachesnaye ; car ce petit homme, conseiller à la cour dès l'âge de trente-six ans, représentait à ses yeux la magistrature de faveur, la magistrature riche, les médiocres qui s'installaient, certains d'un chemin rapide par leur parenté et leur fortune ; tandis que lui, pauvre, sans protection, se trouvait réduit à tendre l'éternelle échine du solliciteur. Aussi n'était-il pas fâché de lui faire sentir, dans ce cabinet, sa toute-puissance, l'absolu pouvoir qu'il avait sur la liberté de tous.

Dès les premières questions posées à sa femme, M. de Lachesnaye s'efforça de se substituer à elle. Il en vint à exhaler toute son amertume contre le testament de son beau-père. Comprenait-on cela ? des legs si nombreux, si importants, qu'ils atteignaient presque la moitié de la fortune, une fortune de trois millions sept cent mille francs ! Et à des personnes qu'on ne connaissait pas pour la plupart, à des femmes de toutes les classes ! C'était inacceptable, il attendait que l'instruction criminelle fût finie, pour voir s'il n'y aurait pas moyen de faire casser ce testament immoral.

– On ne s'imagine pas, j'espère, que je vais laisser la Croix-de-Maufras à ces Roubaud. Un cadeau pareil à la fille d'un domestique ! Puis, s'il est prouvé qu'ils ont trempé dans le crime... S'ils avaient connaissance du testament, leur intérêt à la mort de notre pauvre père est démontré… Remarquez qu'ils ont été les derniers à causer avec lui…

Impatienté, le juge se tourna vers Berthe.

– Et vous, madame, pensez-vous votre ancienne amie capable d'un tel crime ?

– Mon Dieu ! monsieur, la personne dont vous parlez avait de très mauvais instincts, étant petite.

M. Denizet eut un mouvement d'impatience. Il n'était plus du tout sur cette piste.

– Voyons, pourtant, il faut raisonner, s'écria-t-il. Des gens comme les Roubaud ne tuent pas un homme comme votre père pour hériter plus vite ; ou, tout au moins, il y aurait des indices de leur hâte, je trouverais ailleurs des traces de cette âpreté à posséder et à jouir. Personne n'a vu les Roubaud monter dans le coupé, un employé croit même pouvoir affirmer qu'ils sont retournés dans leur compartiment. Et, puisqu'ils y étaient pour sûr à Barentin, il serait nécessaire d'admettre un va-et-vient de leur wagon à celui du président, dont les séparaient trois autres voitures. Non, non, décidément ! l'hypothèse ne tient pas debout, il faut chercher ailleurs… Ah ! un homme qui serait monté à Rouen et descendu à la première station, qui aurait récemment prononcé des menaces de mort contre la victime…

Dans sa passion, il arrivait à son système nouveau, lorsque la porte, en s'entrouvrant, laissa passer la tête de l'huissier. Et une dame blonde entra, vêtue d'un deuil très élégant, encore belle à cinquante ans passés, d'une beauté opulente et forte de déesse vieillie.

– C'est moi, mon cher juge. Je suis en retard, et vous m'excuserez, n'est-ce pas ?

C'était Mme Bonnehon, la sœur de la victime. Elle avait embrassé sa nièce et serré la main du mari. Veuve, depuis l'âge de trente ans, d'un manufacturier qui lui avait apporté une grosse fortune, elle avait mené une existence aimable. Par occasion et par goût, elle avait aimé dans la magistrature, recevant au château, depuis vingt-cinq ans, le monde judiciaire, tout ce monde du Palais que ses voitures amenaient de Rouen et y ramenaient, dans une continuelle fête.

– Alors, madame, si vous le permettez, reprit M. Denizet, je vais vous poser quelques questions.

L'interrogatoire des Lachesnaye était terminé, mais il ne les congédiait pas : son cabinet si morne, si froid, tournait au salon mondain.

– Un témoin a parlé d'une dépêche que votre frère aurait reçue, l'appelant tout de suite à Doinville... Nous n'avons pas trouvé trace de cette dépêche. Lui auriez-vous écrit, vous, madame ?

Mme Bonnehon, très à l'aise, se mit à répondre sur le ton d'une amicale causerie.

– Je n'ai pas écrit à mon frère, je l'attendais, je savais qu'il devait venir, mais sans qu'une date fût fixée. Si je l'attendais, c'était qu'il devait m'apporter une somme de dix mille francs, un règlement de compte entre nous. Il avait certainement les dix mille francs sur lui. C'est pourquoi j'ai toujours cru qu'on l'avait tué pour le voler, simplement.

Le juge laissa régner un court silence ; puis, la regardant en face :

– Qu'est-ce que vous pensez de Mme Roubaud et de son mari ?

Elle eut un vif mouvement de protestation.

– Ah ! non, mon cher monsieur Denizet, vous n'allez pas encore vous égarer sur le compte de ces braves gens... Je pense qu'elle et son mari sont incapables d'une mauvaise action.

Il l'approuvait de la tête, il triomphait, en jetant un coup d'œil vers Mme de Lachesnaye. Celle-ci, piquée, se permit d'intervenir.

– Ma tante, je vous trouve bien facile.

Alors, Mme Bonnehon se soulagea, avec son franc-parler ordinaire.

– Laisse donc, Berthe. Je sais parfaitement ce que ton mari et toi vous pensez. Mais, en vérité, il faut que l'intérêt vous trouble la tête, pour que vous vous étonniez de ce legs de la Croix-de-Maufras, fait par ton père à la bonne Séverine... Il l'avait élevée, il l'avait dotée, il était tout naturel qu'il la mît sur son testament.

Un silence se fit. Quand le juge continua, il était très calme, il se montra plein de précautions.

– À présent, madame, j'aborde un sujet particulièrement délicat, et je vous prie d'excuser la nature de mes questions. Personne plus que moi ne respecte la mémoire de votre frère... Des bruits couraient, n'est-ce pas ? on lui donnait des maîtresses.

– Oh ! cher monsieur, à son âge !...

– Pardonnez-moi, si j'insiste. N'y a-t-il pas eu une histoire, avec une jeune femme de chambre, chez vous ?

– Ah! oui, Louisette... Mais, cher monsieur, c'était une petite vicieuse. On a voulu exploiter sa mort contre mon frère. Elle n'avait pas quatorze ans qu'elle était la bonne amie d'une sorte de brute, un carrier du nom de Cabuche, qui venait de faire cinq ans de prison, pour avoir tué un homme dans un cabaret. J'avais pris Louisette chez moi presque par charité. Sa famille, ces Misard, s'étaient bien gardés de me dire qu'ils avaient roué de coups l'enfant, sans pouvoir l'empêcher de courir chez son Cabuche, dès qu'une porte restait ouverte... Mon Dieu! je ne dis point que mon frère n'ait pas voulu plaisanter avec elle. Il aimait la jeunesse. Enfin, mettons qu'il l'ait embrassée. Il n'y a pas de crime là-dedans... Louisette doit être la menteuse, la vicieuse qui a grossi les choses pour se faire peut-être garder par son amant, de façon que celui-ci, une brute, je vous l'ai dit, a fini de bonne foi par s'imaginer qu'on lui avait tué sa maîtresse... Il était réellement fou de rage, il répétait dans tous les cabarets que si le président lui tombait sous les mains, il le saignerait comme un cochon...

Le juge, silencieux jusque-là, l'interrompit vivement.

– Des témoins pourront-ils l'affirmer?

– Oh! cher monsieur, vous en trouverez tant que vous voudrez...

Mme Bonnehon venait de comprendre quelle piste nouvelle suivait M. Denizet; et elle en était assez inquiète. Il s'était levé. Sur son ordre, le greffier lut les interrogatoires, avant de les faire signer aux témoins. Puis, comme le juge l'accompagnait, ainsi que son neveu et sa nièce, jusqu'à la porte, elle lui serra les mains.

– À bientôt, n'est-ce pas ? Vous savez qu'on vous attend toujours à Doinville…

Quand il fut seul, M. Denizet respira une minute. Pour lui, l'affaire devenait claire, il y avait eu certainement violence de la part de Grandmorin, dont la réputation était connue. Cela rendait l'instruction délicate. Mais il n'en triomphait pas moins. Enfin, il tenait le coupable.

Il sonna l'huissier.

– Faites entrer le sieur Jacques Lantier.

Sur la banquette du couloir, les Roubaud attendaient toujours, avec leurs visages fermés, comme ensommeillés de patience. Et la voix de l'huissier, appelant Jacques, sembla les réveiller, dans un léger tressaillement. Ils le regardèrent disparaître chez le juge. Puis, ils retombèrent à leur attente, pâlis encore, silencieux.

Toute cette affaire, depuis trois semaines, hantait Jacques d'un malaise. Cela était déraisonnable, car il n'avait rien à se reprocher, pas même d'avoir gardé le silence ; et, pourtant, il n'entrait chez le juge qu'avec le petit frisson du coupable, qui craint de voir son crime découvert. Lui aussi aurait pu tuer : cela ne se lisait-il pas dans ses yeux ?

Ce jour-là, M. Denizet n'insista que sur le signalement de l'assassin. Jacques pouvait seul donner des renseignements précis. Mais il ne sortait pas de sa première déposition, il répétait que la scène du meurtre était restée pour lui une image si rapide, qu'elle demeurait comme sans forme, abstraite, dans son souvenir.

– Enfin, demanda brusquement M. Denizet, si on vous le montrait, le reconnaîtriez-vous ?

Il eut un léger battement de paupières. Sa conscience s'interrogea tout haut.

– Le reconnaître... oui... peut-être.

Mais déjà son étrange peur d'une complicité inconsciente le rejetait dans son système évasif.

– Non, pourtant, je ne pense pas, jamais je n'oserais affirmer.

D'un geste de découragement, le juge allait le faire passer dans la pièce voisine, lorsqu'il se ravisa. Et, sonnant de nouveau l'huissier :

– Introduisez M. et Mme Roubaud.

Dès la porte, en apercevant Jacques, leurs yeux se ternirent d'un vacillement d'inquiétude. Avait-il parlé ? le gardait-on pour le confronter avec eux ? Mais le juge avait simplement repris leur premier interrogatoire, ils n'eurent qu'à répéter les mêmes phrases, pendant qu'il les écoutait sans même les regarder.

Puis, tout d'un coup, il se tourna vers Séverine.

– Madame, vous avez dit au commissaire de surveillance que, pour vous, un homme était monté à Rouen, dans le coupé, comme le train se mettait en marche. Vous ne pouvez rien nous apprendre sur lui ?

– Non, non, monsieur, rien !

M. Denizet sembla abandonner ce point de l'instruction. Mais il y revint tout de suite avec Roubaud.

– Et vous, comment se fait-il que vous n'ayez pas vu l'homme, s'il est réellement monté ; car il résulte de votre déposition que vous causiez encore avec la victime, lorsqu'on a sifflé le départ ? Il est vraiment fâcheux que vos souvenirs soient restés si peu clairs.

Cela parut si direct à Roubaud, qu'il éprouva un irrésistible besoin de s'innocenter.

– Il y a là un tel cas de conscience ! On hésite, vous comprenez. Quand je vous avouerais que je crois bien l'avoir vu, l'homme…

Le juge eut un geste de triomphe.

– Parlez donc… Comment est-il ? petit, grand, de votre taille à peu près ?

– Oh ! non, non, beaucoup plus grand… Du moins, j'en ai eu la sensation.

– Attendez, dit M. Denizet.

Et, se tournant vers Jacques, il lui demanda :

– L'homme que vous avez entrevu, le couteau au poing, était-il plus grand que M. Roubaud ?

Le mécanicien leva les yeux, examina Roubaud ; et il semblait ne jamais l'avoir regardé, il s'étonnait de le trouver court, puissant, avec un profil singulier, vu ailleurs, rêvé peut-être.

– Non, murmura-t-il, pas plus grand, à peu près de la même taille.

Mais le sous-chef de gare protestait avec vivacité.

– Oh ! beaucoup plus grand, de toute la tête au moins.

Jacques restait les yeux largement ouverts sur lui ; et, sous ce regard, il s'agitait, comme pour échapper à sa propre ressemblance ; tandis que sa femme, elle aussi, suivait, glacée, le travail sourd de mémoire, exprimé par le visage du jeune homme. Clairement, celui-ci s'était étonné d'abord de certaines analogies entre Roubaud et l'assassin ; ensuite, il venait d'avoir la certitude brusque que Roubaud était l'assassin, ainsi que le bruit en avait couru ; puis, maintenant, il semblait tout à l'émotion de cette découverte, sans qu'il fût possible de savoir ce qu'il allait faire, sans qu'il le sût lui-même. S'il parlait, le ménage était perdu. Les yeux de Roubaud avaient rencontré les siens, tous deux se regardaient jusqu'à l'âme. Il y eut un silence.

– Alors, vous n'êtes pas d'accord, reprit M. Denizet.

Lui aussi regardait les deux hommes. Il n'avait pas songé à utiliser ainsi cette confrontation ; mais, par instinct de métier, il sentit, à cette minute, que la vérité passait dans l'air. Sa confiance en la piste Cabuche en fut même ébranlée. Est-ce que les Lachesnaye auraient eu raison ? est-ce que les coupables seraient cet employé honnête et sa jeune femme, si douce ?

– L'homme avait-il sa barbe entière, comme vous ? demanda-t-il à Roubaud.

Ce dernier eut la force de répondre, sans que sa voix tremblât :

– Sa barbe entière, non, non ! Pas de barbe du tout, je crois.

Jacques comprit que la même question allait lui être posée. Que dirait-il ? car il aurait bien juré, lui, que l'homme portait toute sa barbe. En somme, ces gens ne l'intéressaient point, pourquoi ne pas dire la vérité ? Mais, comme il détournait ses yeux du mari, il rencontra le regard de la femme ; et il lut, dans ce regard, une supplication si ardente, un don si entier de toute la personne, qu'il en fut bouleversé. Son frisson ancien le reprenait : était-ce donc celle-là qu'il pourrait aimer, comme on aime d'amour, sans un monstrueux désir de destruction ? Et, à ce moment, il lui sembla que sa mémoire s'obscurcissait, il ne retrouvait plus l'assassin dans Roubaud. La vision redevenait vague, un doute le prenait.

M. Denizet posait la question :

– L'homme avait-il sa barbe entière, comme M. Roubaud ?

Et il répondit de bonne foi :

– Monsieur, en vérité, je ne puis pas dire. Encore un coup, cela a été trop rapide.

Mais M. Denizet s'entêta, car il désirait en finir avec le soupçon sur le sous-chef. Il poussa celui-ci, il poussa le mécanicien, arriva à obtenir du premier un signalement complet de l'assassin, grand, fort, sans barbe, vêtu d'une blouse, en tout le contraire de son propre signalement ; tandis qu'il ne tirait plus du second que des monosyllabes évasifs, qui donnaient de la force aux affirmations de l'autre. Et le juge en revenait à sa conviction première : c'était ce ménage, soupçonné injustement, qui, par sa déposition accablante, ferait tomber la tête du coupable.

– Entrez là, dit-il aux Roubaud et à Jacques, en les faisant passer dans la pièce voisine. Attendez que je vous appelle.

La porte s'était ouverte, deux gendarmes avaient paru, conduisant un grand garçon de vingt-cinq à trente ans. Ils se retirèrent sur un signe du juge, et Cabuche resta seul au milieu du cabinet, ahuri, avec un hérissement fauve de bête traquée. C'était un gaillard au cou puissant, aux poings énormes, blond, très blanc de peau, la barbe rare. Saisi brutalement au fond de son trou, arraché à sa forêt, exaspéré des accusations qu'il ne comprenait pas, il avait déjà l'air louche du prévenu, cet air de bandit sournois que la prison donne au plus honnête homme.

Tout de suite, M. Denizet avait fixé sur lui ses gros yeux clairs, aux paupières lourdes.

L'interrogatoire commença, très lent.

– Savez-vous de quel crime vous êtes accusé ?

Cabuche, la voix empâtée de colère impuissante, grogna :

– On ne me l'a pas dit, mais je m'en doute bien. On en a assez causé !

– Vous connaissiez M. Grandmorin ?

– Oui, oui, je le connaissais, trop !

– Une fille Louisette, votre maîtresse, est entrée, comme femme de chambre, chez Mme Bonnehon.

Un sursaut de rage emporta le carrier.

– Nom de Dieu ! Louisette n'était pas ma maîtresse.

– Vous êtes très violent, vous avez été condamné à cinq ans de prison pour avoir tué un homme, dans une querelle.

– Il avait tapé le premier... Je n'ai fait que quatre ans, on m'a gracié d'un an.

– Alors, reprit M. Denizet, vous prétendez que la fille Louisette n'était pas votre maîtresse ?

– Comprenez donc, elle était gamine, pas quatorze ans encore, quand je suis revenu de là-bas… Tout le monde me fuyait, on m'aurait jeté des pierres. Et elle, elle était gentille, oh ! gentille… Bien sûr qu'elle grandissait et que je songeais à elle. Je ne peux pas dire le contraire, j'étais comme un fou, tant je l'aimais. Et ça aurait fini par arriver, ce que vous dites, quand on l'a séparée de moi, en la mettant à Doinville, chez cette dame… Puis, un soir, en rentrant de la carrière, je l'ai trouvée devant ma porte, à moitié folle, si abîmée qu'elle brûlait de fièvre. Elle n'avait pas osé rentrer chez ses parents, elle venait mourir chez moi… Ah ! nom de Dieu, le cochon ! j'aurais dû courir le saigner tout de suite !

Une surprise arrêta net M. Denizet, qui s'attendait à un système de complète dénégation. Comment ! le prévenu avouait ses menaces.

– Qu'avez-vous fait pendant la nuit du 14 au 15 février ?

– Je me suis couché à la nuit, vers six heures… J'étais un peu souffrant, et mon cousin Louis m'a même rendu le service de conduire une charge de pierres à Doinville.

– Oui, on a vu votre cousin, avec la voiture, traverser la voie, au passage à niveau. Mais votre cousin, interrogé, n'a pu répondre qu'une chose : c'est que vous l'avez quitté vers midi et qu'il ne vous a plus revu… Prouvez-moi que vous étiez couché à six heures.

– Voyons, c'est bête, je ne peux pas prouver ça. J'y étais, je le dis, et c'est tout.

Alors, M. Denizet se décida à frapper le grand coup de l'affirmation qui s'impose.

– Je vais vous le dire, moi, ce que vous avez fait, le 14 février au soir… À trois heures, vous avez pris, à Barentin, le train pour Rouen. Vous êtes monté grâce à la bousculade, vous avez attendu d'être sous le tunnel de Malaunay ; mais vous avez mal calculé le temps, car le train sortait du tunnel, lorsque vous avez fait le coup… Et vous avez jeté le cadavre, et vous êtes descendu à Barentin… Voilà ce que vous avez fait.

Il épiait les moindres ondes sur la face rose de Cabuche, et il s'irrita, lorsque celui-ci, très attentif d'abord, finit par éclater d'un bon rire.

– Qu'est-ce que vous racontez là ?… Si j'avais fait le coup, je le dirais. Je ne l'ai pas fait, mais j'aurais dû le faire. Nom de Dieu ! oui, je le regrette.

Et M. Denizet ne put en tirer autre chose. D'un brusque mouvement, il alla lui-même ouvrir la porte de la pièce voisine. Et, lorsqu'il eut rappelé Jacques :

– Reconnaissez-vous cet homme ?

– Je le connais, répondit le mécanicien, surpris. Je l'ai vu autrefois, chez les Misard.

– Non… Le reconnaissez-vous pour l'homme du wagon, l'assassin ?

Du coup, Jacques redevint circonspect.

– Je ne sais pas, je ne peux pas dire… Je vous assure, monsieur, que je ne peux pas dire.

M. Denizet, sans attendre, appela les Roubaud à leur tour. Et il leur posa la question :

– Reconnaissez-vous cet homme ?

Roubaud était stupéfié, effrayé de la ressemblance de ce garçon avec l'assassin imaginaire, dont il avait inventé le signalement, le contraire du sien.

– Voyons, le reconnaissez-vous ?

Le sous-chef, oppressé, était tout tremblant d'une sourde lutte intérieure. L'instinct de la conservation l'emporta.

– Je ne peux pas affirmer. Mais il y a de ça, beaucoup de ça, pour sûr.

Cette fois, Cabuche commença à jurer. Et, sous le flot de sang qui lui montait au crâne, il tapa des poings, il devint si terrible, que les gendarmes, rappelés, l'emmenèrent. Mais, en face de cette violence, M. Denizet triomphait.

– Avez-vous remarqué ses yeux ? Moi, c'est aux yeux que je les reconnais… Ah ! son compte est bon, il est à nous !

Les Roubaud, immobiles, se regardèrent. Alors, quoi ? c'était fini, ils étaient sauvés, puisque la justice tenait le coupable. Ils restaient un peu étourdis, la conscience douloureuse du rôle que les faits venaient de les forcer à jouer. Mais une joie les inondait, emportait leurs scrupules, et ils souriaient à Jacques, ils attendaient, allégés, que le juge les congédiât tous les trois, lorsque l'huissier apporta une lettre à ce dernier.

Vivement, M. Denizet s'était remis à son bureau, pour la lire avec attention, oubliant les trois témoins.

C'était la lettre du ministère, les avis qu'il aurait dû avoir la patience d'attendre, avant de pousser de nouveau l'instruction. Et ce qu'il lisait devait rabattre de son triomphe, car son visage peu à peu se glaçait. À un moment, il jeta un coup d'œil oblique sur les Roubaud. Ceux-ci, perdant leur courte joie, retombés à leur malaise, se sentaient repris. Pourquoi donc les avait-il regardés ? Avait-on, à Paris, retrouvé les trois lignes d'écriture, ce billet maladroit dont la peur les hantait ? Séverine connaissait bien M. Camy-Lamotte, pour l'avoir souvent vu chez le président, et elle savait qu'il était chargé de mettre en ordre les papiers du mort.

Enfin, M. Denizet lâcha la lettre, et il demeura un moment absorbé. Puis, se résignant, se parlant haut à lui-même :

– Eh bien ! on verra, on reprendra tout ça... Vous pouvez vous retirer.

Mais, comme les trois sortaient, il ne put résister au besoin de savoir, d'éclaircir le point grave qui détruisait son nouveau système, bien qu'on lui recommandât de ne plus rien faire, sans une entente préalable.

– Non, vous, restez un instant, j'ai encore une question à vous poser.

Dans le couloir, les Roubaud s'arrêtèrent. Ils ne pouvaient partir : quelque chose les retenait là, l'impossibilité physique de s'en aller tant qu'ils n'apprendraient pas de Jacques la question qu'on lui posait encore. Et ils se retrouvèrent côte à côte sur la banquette, où ils avaient attendu des heures déjà.

Lorsque le mécanicien reparut, Roubaud se leva, péniblement.

– Nous vous attendions, nous retournerons à la gare ensemble… Eh bien ?

Mais Jacques détournait la tête, embarrassé, comme s'il voulait éviter le regard de Séverine, fixé sur lui.

– Il ne sait plus, il patauge, dit-il enfin. Voilà, maintenant, qu'il m'a demandé s'ils n'étaient pas deux à faire le coup. Et, comme j'ai parlé, au Havre, d'une masse noire pesant sur les jambes du vieux, il m'a questionné là-dessus…

Les Roubaud frémissaient. On était sur leur trace, un mot de ce garçon pouvait les perdre. Il savait sûrement, il finirait par causer. Et tous trois, la femme entre les deux hommes, quittaient en silence le palais de justice, lorsque le sous-chef reprit, dans la rue :

– À propos, camarade, ma femme va être forcée d'aller passer un jour à Paris, pour des affaires. Vous serez bien gentil de la piloter, si elle a besoin de quelqu'un.

V

À onze heures quinze, le poste du pont de l'Europe signala l'express du Havre, qui débouchait du tunnel des Batignolles ; et bientôt le train entra en gare avec un bref coup de sifflet, trempé par une pluie battante dont le déluge ne cessait pas depuis Rouen.

Les hommes d'équipe n'avaient pas encore tourné les loquets des portières, qu'une d'elles s'ouvrit et que Séverine sauta vivement sur le quai. Jacques était là, debout sur la plate-forme.

– Alors, c'est entendu, dit-elle, haussée sur la pointe des pieds. Je serai rue Cardinet à trois heures, et vous aurez l'obligeance de me présenter à votre chef, pour que je le remercie.

C'était le prétexte imaginé par Roubaud, un remerciement au chef du dépôt des Batignolles, à la suite d'un vague service rendu. De cette façon, elle se trouverait confiée à la bonne amitié du mécanicien, elle pourrait resserrer les liens davantage, agir sur lui.

Mais Jacques la regardait de ses yeux durs, sans répondre. Il n'avait pu refuser au mari, en partant du Havre ; et cette idée de se trouver seul avec elle le bouleversait.

– N'est-ce pas ? reprit-elle souriante, avec son doux regard caressant, je compte sur vous.

Alors, Jacques dut répondre. Il le fit d'un ton bourru.

– Oui, rue Cardinet... À moins que cette sacrée pluie n'achève de me fondre. Quel chien de temps !

Séverine quitta le quai. Dehors, dans la rue d'Amsterdam, elle fut contente de voir qu'il ne pleuvait plus. Elle descendit jusqu'à la place du Havre. Il était onze heures vingt-cinq, elle entra dans un bouillon[1], au coin de la rue Saint-Lazare, où elle commanda des œufs sur le plat et une côtelette. Puis, tout en mangeant très lentement, elle retomba dans les réflexions qui la hantaient depuis des semaines.

C'était la veille, deux jours après leur interrogatoire à Rouen, que Roubaud avait résolu de l'envoyer faire une visite à M. Camy-Lamotte, non pas au ministère, mais chez lui, rue du Rocher, où il occupait un hôtel, voisin justement de l'hôtel Grandmorin. Une nouvelle cause d'inquiétude venait de hâter son voyage : ils avaient appris, par les commérages de la gare, que Mme Lebleu et Philomène racontaient partout comme quoi la Compagnie allait renvoyer Roubaud, jugé compromettant ; et le pis était que M. Dabadie, directement interrogé, n'avait pas dit non. Il devenait dès lors urgent qu'elle courût à Paris plaider leur cause et surtout demander la protection du puissant personnage, comme autrefois celle du président. Mais, sous cette demande, qui servirait tout au moins à expliquer la visite, il y avait un motif plus impérieux, un besoin

1. Un restaurant bon marché. *(N.d.E.)*

cuisant et insatiable de savoir, ce besoin qui pousse le criminel à se livrer plutôt que d'ignorer. L'incertitude les tuait. Ils finissaient par préférer la catastrophe à ces continuelles alarmes. Avoir une certitude, et ne plus souffrir.

Il était à peine midi un quart, lorsqu'elle sortit du restaurant. Encore trois quarts d'heure à tuer ! Elle qui adorait Paris, elle s'y sentait perdue, dans une impatience d'en finir et de se cacher. Elle descendit la rue Tronchet, se trouva au marché aux fleurs de la Madeleine. Pendant une demi-heure, elle marcha au milieu de ce printemps hâtif, reprise par des songeries vagues, pensant à Jacques comme à un ennemi, qu'elle devait désarmer. Puis, brusquement, elle vit l'heure, à l'horloge d'un kiosque : une heure dix. Elle se hâta de remonter vers la rue du Rocher.

L'hôtel de M. Camy-Lamotte se trouvait au coin de cette rue et de la rue de Naples ; et Séverine dut passer devant l'hôtel Grandmorin, muet, vide, les persiennes closes. Et, comme elle se retournait d'un mouvement instinctif, elle aperçut, sur le trottoir d'en face, le juge d'instruction de Rouen, M. Denizet, qui montait aussi la rue. Elle en resta saisie. L'avait-il remarquée ? Mais il marchait tranquillement, elle se laissa devancer, le suivit dans un grand trouble. Et, de nouveau, elle reçut un coup au cœur, lorsqu'elle le vit sonner, au coin de la rue de Naples, chez M. Camy-Lamotte.

Une terreur l'avait prise. Jamais elle n'oserait entrer maintenant. Elle s'en retourna, enfila la rue d'Édimbourg, descendit jusqu'au pont de l'Europe.

Là seulement, elle se crut à l'abri. Et, ne sachant plus où aller ni que faire, éperdue, elle se tint immobile contre une des balustrades, regardant au-dessous d'elle le vaste champ de la gare, où des trains évoluaient continuellement. Elle les suivait de ses yeux effarés, elle pensait que, sûrement, le juge était là pour l'affaire, et que les deux hommes causaient d'elle, que son sort se décidait, à la minute même. Ses regards s'étant levés vers la gauche, elle reconnut, au-dessus de la cour des messageries, tout en haut de la maison de l'impasse d'Amsterdam, la fenêtre de la mère Victoire, cette fenêtre où elle se revoyait accoudée avec son mari, avant l'abominable scène qui avait causé leur malheur. Cela évoqua le danger de sa situation, dans un élancement de souffrance si aigu, qu'elle se sentit prête soudain à tout affronter, pour en finir. Et elle reprit le chemin de la rue du Rocher, allant là comme on se suicide.

Lorsque Séverine eut tiré le bouton du timbre, une nouvelle terreur la glaça. Mais, déjà, un valet la faisait asseoir dans une antichambre. Elle se disait que le juge était encore en conférence, qu'on allait la faire attendre longtemps sans doute ; et cette attente lui devenait intolérable. Puis, tout d'un coup, elle eut une surprise : le valet l'appelait et l'introduisait. Certainement, le juge n'était pas sorti. Elle le devinait là, caché derrière une porte.

C'était un grand cabinet de travail, avec des meubles noirs, garni d'un tapis épais, de portières lourdes. Le maître de la maison était debout, très correctement serré dans sa redingote.

Il ne fit pas un geste pour l'inviter à s'asseoir, il mit une affectation à ne pas ouvrir la bouche le premier, attendant qu'elle expliquât le motif de sa visite ; et, par l'effet d'une réaction violente, elle se trouva subitement maîtresse d'elle-même dans le péril, très calme, très prudente.

– Monsieur, dit-elle, vous m'excuserez, si j'ai la hardiesse de venir me rappeler à votre bienveillance. Vous savez la perte irréparable que j'ai faite, et dans l'abandon où je me trouve maintenant, j'ai osé songer à vous pour nous défendre, pour nous continuer un peu de la protection de votre ami, de mon protecteur si regretté.

M. Camy-Lamotte ne put alors que la faire asseoir, car cela était dit sur un ton parfait, sans exagération d'humilité ni de chagrin. Elle continua, voyant qu'elle devait préciser.

– Je me permets de rafraîchir vos souvenirs, en vous rappelant que j'ai eu l'honneur de vous voir à Doinville. Ah ! c'était un heureux temps pour moi !... Aujourd'hui, les jours mauvais sont arrivés, et je n'ai que vous, monsieur, je vous implore au nom de celui que nous avons perdu. Vous qui l'avez aimé, achevez sa bonne œuvre, remplacez-le auprès de moi.

Il l'écoutait, il la regardait, et tous ses soupçons étaient ébranlés, tellement elle lui semblait naturelle, charmante dans ses regrets et dans ses supplications. Le billet découvert par lui, au milieu des papiers de Grandmorin, ces deux lignes non signées, lui avait paru ne pouvoir être que d'elle, dont il savait les complaisances pour le président, et, tout à l'heure, l'annonce seule de sa visite avait achevé de le convaincre. Il ne venait d'interrompre son entretien avec le juge que pour confirmer sa certitude. Mais comment la croire coupable, à la voir de la sorte, si paisible et si douce ?

Il voulut en avoir l'intelligence nette.

– Expliquez-vous, madame... Je ne demande pas mieux que de vous être utile, si rien ne s'y oppose.

Alors, très nettement, Séverine conta comme quoi son mari était menacé d'une destitution. On le jalousait beaucoup, à cause de son mérite et de la haute protection qui, jusque-là, l'avait couvert. Maintenant qu'on le croyait sans défense, on redoublait d'efforts. Elle ne nommait personne, du reste ; elle parlait en termes mesurés, malgré l'imminence du péril. Tout cela avec une telle abondance de faits logiques et de bonnes raisons, qu'il semblait en vérité impossible qu'elle se fût dérangée dans un autre but.

M. Camy-Lamotte étudiait jusqu'aux petits battements imperceptibles de ses lèvres ; et il porta le premier coup :

– Mais enfin pourquoi la Compagnie congédierait-elle votre mari ?

Elle aussi ne le quittait pas du regard ; et ce fut brusquement une conviction, chez elle, que la lettre était là, dans un meuble de ce cabinet : il savait, car il lui tendait un piège, désirant voir si elle oserait parler des vraies raisons du renvoi.

Bravement, elle marcha au péril.

– Mon Dieu ! monsieur, c'est bien monstrueux, mais on nous a soupçonnés d'avoir tué notre bienfaiteur, à cause de ce malheureux testament. Il reste toujours quelque chose de ces accusations abominables, et la Compagnie craint sans doute le scandale.

Il fut de nouveau surpris, démonté, par cette franchise. En outre, il commençait à la trouver extrêmement séduisante. Et il songeait à son ami Grandmorin, saisi d'une jalouse admiration : comment diable ce gaillard-là, son aîné de dix ans, avait-il eu jusqu'à sa mort des créatures pareilles ?

Mais Séverine, par une bravade de femme qui sent sa force, eut le tort d'ajouter :

– Des gens comme nous ne tuent pas pour de l'argent. Il aurait fallu un autre motif, et il n'y en avait pas, de motif.

Il la regarda, vit trembler les coins de sa bouche. C'était elle. Dès lors, sa conviction fut absolue. Et elle-même comprit immédiatement qu'elle s'était livrée, à la façon dont il avait cessé de sourire. La conversation se poursuivait, mais désormais ils n'avaient plus rien à s'apprendre ; tous deux ne parlaient plus que des choses qu'ils ne disaient point. Il avait la lettre, c'était elle qui l'avait écrite. Cela sortait même de leurs silences.

– Madame, reprit-il enfin, je ne refuse pas d'intervenir près de la Compagnie. Seulement, j'aurais besoin de quelques notes. Tenez ! écrivez-moi le nom, l'âge, les états de service de votre mari, enfin tout ce qui peut me mettre au courant de votre situation.

Et il poussa devant elle un petit guéridon. Elle avait frémi : il voulait une page de son écriture, afin de la comparer à la lettre. Un instant, elle chercha désespérément un prétexte, résolue à ne pas écrire. Puis, elle réfléchit : à quoi bon ? On aurait toujours quelques lignes d'elle. Sans aucun trouble apparent, elle écrivit ce qu'il demandait ; tandis que, debout derrière elle, il reconnaissait parfaitement l'écriture. Et il finissait par la trouver très brave, cette petite femme fluette ; il souriait de nouveau.

– Eh bien ! madame, remettez-moi cela, je m'informerai, j'agirai pour le mieux.

Il la poussait vers la porte. Elle était sur le seuil, elle tenta un dernier effort.

– Monsieur, je vous en supplie, ne me laissez pas partir ainsi, dites-moi si je dois espérer.

D'un geste d'abandon, elle lui avait pris la main. Il se dégagea. Mais elle le regardait avec de beaux yeux, si ardents de prière, qu'il en fut remué.

– Eh bien ! revenez à cinq heures. Peut-être aurai-je quelque chose à vous dire.

M. Camy-Lamotte, resté seul, s'était arrêté devant son bureau. Familier des Tuileries, où sa fonction de secrétaire général du ministère de la Justice le faisait mander presque journellement, il savait combien cette affaire Grandmorin irritait et inquiétait, en haut lieu. Aussi avait-on exprimé au secrétaire général le désir formel d'en finir au plus vite, n'importe comment.

Toujours songeur, M. Camy-Lamotte alla ouvrir la porte de la pièce voisine, où M. Denizet attendait. Et celui-ci, qui avait écouté, s'écria, en rentrant :

– Je vous le disais bien, on a eu tort de soupçonner ces gens-là... Cette femme ne songe évidemment qu'à sauver son mari d'un renvoi possible. Elle n'a pas eu une parole suspecte.

– Alors, vous persistez à voir le coupable dans ce Cabuche ?

– Oh! certes!... Tout l'accable. Cabuche est le coupable, d'autant plus que, si nous ne l'avons pas, nous n'avons personne.

Jusque-là, le secrétaire général avait attendu, pour lui donner connaissance de la preuve écrite qu'il possédait ; et, maintenant que sa conviction était faite, il se hâtait moins encore d'établir la vérité. À quoi bon ruiner la piste fausse de l'instruction, si la vraie piste devait conduire à des embarras plus grands ?

– Mon Dieu ! reprit-il avec son sourire d'homme fatigué, je veux bien admettre que vous soyez dans le vrai... Cette affaire est exceptionnelle, et la voici devenue toute politique. Nous allons donc nous trouver peut-être forcés d'agir en hommes de gouvernement... Voyons, cette fille, la maîtresse de ce Cabuche, a été violentée, hein ?

– Dame ! je crois que le président l'avait mise en un vilain état, et cela ressortira sûrement du procès... On peut s'attendre à un déballage d'histoires fâcheuses.

M. Camy-Lamotte se contenta de hocher la tête. Il était en train de calculer les résultats de l'autre procès, celui des Roubaud. À coup sûr, si le mari passait aux assises, il dirait tout, sa femme débauchée elle aussi, lorsqu'elle était jeune fille, et l'adultère ensuite, et la rage jalouse qui devait l'avoir poussé au meurtre ; sans compter qu'il ne s'agissait plus d'une domestique et d'un repris de justice, que cet employé, marié à cette jolie femme, allait mettre en cause tout un coin de la bourgeoisie et du monde des chemins de fer. Non, décidément, l'affaire des Roubaud, des vrais coupables, était plus sale encore. C'était chose résolue, il l'écartait, absolument.

– Je me rends à votre système, dit-il enfin à M. Denizet. Il y a, en effet, de fortes présomptions contre le carrier, s'il avait à exercer une vengeance légitime… Aussi est-ce à votre conscience que je m'adresse. Je vous laisse prendre la décision qu'elle vous dictera, en vue du triomphe de la morale publique… D'ailleurs, nous savons à qui nous nous adressons. Voici longtemps que nous suivons vos efforts. Et je suis heureux de vous annoncer que vous êtes porté pour la croix, au 15 août prochain.

Un instant, le juge se consulta.

– Je suis très touché, murmura-t-il, veuillez le dire à M. le ministre.

Il s'était levé, sentant que, maintenant, tout ce qu'ils pourraient ajouter l'un et l'autre les gênerait.

– Alors, conclut-il, les yeux éteints, la face morte, je vais achever mon enquête, en tenant compte de vos scrupules.

– Monsieur Denizet, nous nous en remettons complètement à votre grand tact et à votre haute honnêteté.

Lorsqu'il se retrouva seul, M. Camy-Lamotte eut la curiosité de comparer la page écrite par Séverine avec le billet sans signature, qu'il avait découvert dans les papiers du président Grandmorin. La ressemblance était complète.

Séverine, à trois heures moins vingt, s'était trouvée en avance, rue Cardinet, au rendez-vous qu'elle avait donné à Jacques. Il habitait là, tout en haut d'une grande maison, une étroite chambre où il ne montait guère que le soir pour se coucher. Ce jour-là, trempé d'eau, brisé de fatigue, il était rentré se jeter sur son lit. Et il s'était débarbouillé et vêtu de fort méchante humeur, l'ayant reconnue en bas, sur le trottoir, en regardant par la fenêtre de sa mansarde.

– Enfin, c'est vous ! s'écria-t-elle, quand elle le vit déboucher de la porte cochère. C'est donc là que vous demeurez ?

– Oh ! je ne demeure pas, je perche. Dépêchons-nous, je crains que le chef ne soit déjà sorti.

En effet, lorsqu'ils se présentèrent à la petite maison que ce dernier occupait dans l'enceinte de la gare, ils ne le trouvèrent pas ; et, inutilement, ils allèrent de hangar en hangar : partout on leur dit de revenir vers quatre heures et demie, s'ils voulaient être certains de le rencontrer aux ateliers de réparation.

– C'est bien, nous reviendrons, déclara Séverine.

Puis, quand elle fut de nouveau dehors, seule en compagnie de Jacques :

– Si vous êtes libre, ça ne vous fait rien que je reste à attendre avec vous ?

Il ne pouvait refuser, et d'ailleurs, malgré l'inquiétude sourde qu'elle lui causait, elle exerçait sur lui un charme grandissant et si fort, que la maussaderie volontaire où il s'était promis de s'enfermer s'en allait à ses doux regards. Celle-là, avec sa longue figure tendre et peureuse, devait aimer comme un chien fidèle, qu'on n'a pas même le courage de battre.

Elle lui prit le bras d'elle-même, gentiment.

Quelques minutes, ils marchèrent sans parler, dans le continuel flot de passants qui encombre ce quartier populeux. Puis, ils se trouvèrent devant le square des Batignolles, presque désert à cette époque de l'année.

– Entrons-nous ? demanda Séverine. Tout ce monde m'étourdit.

Lentement, ils continuèrent de marcher le long des pelouses, entre les arbres sans feuilles. Et, un banc se trouvant là, ils s'assirent.

– Il fait beau tout de même, aujourd'hui, dit-elle après un silence.

– Oui, répondit-il, le soleil a reparu.

Mais leur pensée n'était point à cela. Lui, qui fuyait les femmes, venait de songer aux événements qui l'avaient rapproché de celle-ci. Depuis le dernier interrogatoire, à Rouen, il n'en doutait plus, cette femme était complice dans le meurtre de la Croix-de-Maufras. L'idée que son devoir serait de tout dire à la justice l'avait hanté. Même c'était cette idée qui le préoccupait, depuis qu'il se trouvait assis sur ce banc, près d'elle, si près, qu'il sentait contre sa hanche la tiédeur de la sienne.

De son côté, elle réfléchissait qu'il aurait fallu vraiment que ce garçon fût bête, pour ne pas les avoir devinés coupables. Leurs yeux s'étant rencontrés, elle venait de lire qu'il en arrivait à se demander si ce n'était pas elle qu'il avait vue, pesant de tout son poids sur les jambes de la victime, ainsi qu'une masse noire. Que faire, que dire, pour le lier d'un lien indestructible ?

À cet instant, Séverine eut une brusque inspiration. Doucement, elle lui prit la main, elle le regarda. Et, sans transition, de toute son âme, à demi-voix :

– Vous me croyez coupable ?

Il frémit légèrement, il arrêta ses yeux dans les siens.

– Oui, répondit-il, de la même voix basse et émue.

Alors, elle serra sa main qu'elle avait gardée, d'une étreinte plus étroite.

– Je ne suis pas coupable... Vous ne me ferez plus la peine de croire que je suis coupable.

Et elle était très heureuse, en voyant qu'il laissait ses yeux dans les siens, profondément. Sans doute, ce qu'elle venait de faire là, c'était le don de sa personne ; car elle se livrait, et plus tard, s'il la réclamait, elle ne pourrait se refuser. Mais le lien était noué entre eux, indissoluble : elle le défiait bien de parler maintenant, il était à elle comme elle était à lui.

– Vous ne me ferez plus de peine, vous me croyez ?

– Oui, je vous crois, répondit-il en souriant.

Elle était si confiante, si fragile, avec ses doux yeux de pervenche ! Ce qui le ravissait, tandis que leurs mains restaient jointes et que leurs regards ne se quittaient plus, c'était de ne pas retrouver en lui son malaise, cet effrayant frisson qui l'agitait, près d'une femme, à l'idée de la possession. Les autres, il n'avait pu toucher à leur chair sans éprouver le désir d'y mordre. Pourrait-il donc l'aimer, celle-là, et ne point la tuer ?

– Vous savez bien que je suis votre ami et que vous n'avez rien à craindre de moi, murmura-t-il à son oreille. Je ne veux pas connaître vos affaires, ce sera comme il vous plaira... Vous m'entendez ? disposez entièrement de ma personne.

Il s'était approché si près de son visage, qu'il sentait son haleine chaude dans ses moustaches. Le matin encore, il en aurait tremblé, sous la peur sauvage d'une crise. Que se passait-il, pour qu'il lui restât à peine un frémissement ? Cette idée qu'elle avait tué, devenue une certitude, la lui montrait différente, grandie, à part. Peut-être bien n'avait-elle pas aidé seulement, mais frappé. Il en fut convaincu, sans preuve aucune. Et, dès lors, elle sembla lui être sacrée, en dehors de tout raisonnement.

Tous les deux à présent causaient avec gaieté, en couple de rencontre, chez qui l'amour commence.

Le soleil baissait, se noyait à l'horizon, dans des vapeurs violâtres. On entendit sonner cinq heures, à une horloge voisine.

– Ah ! mon Dieu ! s'écria Séverine, cinq heures, et j'ai rendez-vous rue du Rocher !

Sa joie tombait, elle retrouvait l'angoisse de l'inconnu qui l'attendait, là-bas, en se souvenant qu'elle n'était pas sauvée encore. Elle devint toute pâle, les lèvres tremblantes.

– Mais le chef du dépôt que vous aviez à voir ? dit Jacques, qui s'était levé du banc pour la reprendre à son bras.

– Tant pis ! je le verrai une autre fois... À tout à l'heure, au train.

Déjà, elle s'éloignait d'un pas rapide, elle disparaissait entre les massifs du square ; tandis que lui, lentement, se dirigeait vers la rue Cardinet.

M. Camy-Lamotte venait d'avoir, chez lui, une longue conférence avec le chef de l'exploitation de la Compagnie de l'Ouest. Celui-ci avait fini par confesser combien ce procès Grandmorin ennuyait la Compagnie. Il y avait d'abord les plaintes des journaux, au sujet du peu de sécurité pour les voyageurs. Puis, tout le personnel se trouvait mêlé à l'aventure, plusieurs employés étaient soupçonnés. Enfin, les bruits de vilaines mœurs qui couraient sur le président, membre du conseil d'administration, semblaient rejaillir sur ce conseil tout entier. Aussi, lorsque M. Camy-Lamotte avait su de son interlocuteur que la Compagnie, le matin, avait résolu le renvoi de Roubaud, s'était-il vivement élevé contre cette mesure. Non ! non ! rien ne serait plus maladroit, cela redoublerait le tapage dans la presse, si elle s'avisait de poser le sous-chef en victime politique. Le scandale avait trop duré, il fallait au plus tôt faire le silence. Et le chef de l'exploitation, convaincu, s'était engagé à maintenir Roubaud, à ne pas même le déplacer du Havre. On verrait bien qu'il n'y avait pas de malhonnêtes gens dans tout cela. C'était fini, l'affaire serait classée.

Lorsque Séverine, essoufflée, le cœur battant à grands coups, se retrouva dans le sévère cabinet de la rue du Rocher, devant M. Camy-Lamotte, celui-ci la contempla un instant en silence, intéressé par l'extraordinaire effort qu'elle faisait pour paraître calme. Décidément, elle lui était sympathique, cette criminelle délicate, aux yeux de pervenche.

– Eh bien ! madame, j'ai vu le chef de l'exploitation, j'ai obtenu que votre mari ne fût pas congédié… L'affaire est arrangée.

Alors, elle défaillit, sous le flot de joie trop vive qui l'inonda.

Il répéta, en insistant sur la phrase, pour lui donner toute sa signification :

– L'affaire est arrangée… Vous pouvez rentrer tranquille au Havre.

Elle entendait bien : il voulait dire qu'on ne les arrêterait pas, qu'on leur faisait grâce. Ce n'était pas seulement l'emploi maintenu, c'était l'effroyable drame oublié, enterré. D'un mouvement de caresse instinctive, comme une jolie bête domestique qui remercie et flatte, elle se pencha sur ses mains, les baisa, les garda appuyées contre ses joues.

Mais il désirait les garder à sa merci, la femme et l'homme. Il fit allusion à la lettre.

– Souvenez-vous que le dossier reste là, et qu'à la moindre faute, tout peut être repris… Surtout, recommandez à votre mari de ne plus s'occuper de politique. On m'a parlé d'une querelle fâcheuse avec le sous-préfet ; il passe pour républicain, c'est détestable...

Elle était debout, ayant hâte maintenant d'être dehors, pour donner de l'espace à la joie qui la suffoquait.

– Nous vous obéirons, nous serons ce qu'il vous plaira... N'importe quand, n'importe où, vous n'aurez qu'à commander : je vous appartiens.

Il s'était remis à sourire, de son air las, avec la pointe de dédain d'un homme qui avait longuement bu au néant de toutes choses.

– Oh ! je n'abuserai pas, madame, je n'abuse plus.

Et lui-même ouvrit la porte du cabinet. Sur le palier, elle se retourna deux fois, avec son visage rayonnant, qui le remerciait encore.

Dans la rue du Rocher, Séverine marcha follement. C'était un besoin de mouvement, de gestes, de cris. Déjà, elle comprenait pourquoi on leur faisait grâce, et elle se surprit à dire :

– Parbleu ! ils ont peur, il n'y a pas de danger qu'ils remuent ces choses-là, j'ai été bien bête de me torturer. C'est évident...

Jacques, en la quittant, après être allé chez lui remettre ses vêtements de travail, s'était rendu tout de suite au dépôt.

Dans le vaste hangar fermé, noir de charbon, parmi les autres machines au repos, celle de Jacques se trouvait déjà en tête d'une voie, destinée à partir la première. C'était une de ces machines d'express, à deux essieux couplés, d'une élégance fine et géante, avec ses grandes roues légères réunies par des bras d'acier, son poitrail large, ses reins allongés et puissants, toute cette logique et toute cette certitude qui font la beauté souveraine des êtres de métal, la précision dans la force. Ainsi que les autres machines de la Compagnie de l'Ouest, elle portait le nom d'une gare, celui de Lison, une station du Cotentin. Mais Jacques, par tendresse, en avait fait un nom de femme, la Lison, comme il disait, avec une douceur caressante.

Et, c'était vrai, il l'aimait d'amour, sa machine, depuis quatre ans qu'il la conduisait. Elle était douce, obéissante, facile au démarrage, d'une marche régulière et continue, grâce à sa bonne vaporisation. On mettait cela sur le compte de la qualité du cuivre des tubes et de la disposition heureuse de la chaudière. Mais lui savait qu'il y avait autre chose. Il y avait l'âme, le mystère de la fabrication, ce quelque chose que le hasard du martelage ajoute au métal, que le tour de main de l'ouvrier monteur donne aux pièces : la personnalité de la machine, la vie.

Il l'aimait donc en mâle reconnaissant, la Lison, qui partait et s'arrêtait vite ; il l'aimait parce que, en dehors des appointements fixes, elle lui gagnait des sous, grâce aux primes de chauffage. Elle vaporisait si bien, qu'elle faisait en effet de grosses économies de charbon. Et il n'avait qu'un reproche à lui adresser, un trop grand besoin de graissage : les cylindres surtout dévoraient des quantités de graisse déraisonnables, une faim continue, une vraie débauche. Vainement, il avait tâché de la modérer. Mais elle s'essoufflait aussitôt, il fallait ça à son tempérament. Il s'était résigné à lui tolérer cette passion gloutonne, de même qu'on ferme les yeux sur un vice, chez les personnes qui sont, d'autre part, pétries de qualités.

Pendant que le foyer ronflait et que la Lison peu à peu entrait en pression, Jacques tournait autour d'elle, tâchant de découvrir pourquoi, le matin, elle lui avait mangé plus de graisse que de coutume. Vraiment, ce jour-là, il avait sur le cœur sa débauche de graisse ; et c'était autre chose aussi, quelque chose de vague et de profond, une inquiétude, une défiance à son égard, comme s'il doutait d'elle et qu'il eût voulu s'assurer qu'elle n'allait pas se mal conduire en route.

Cependant, Pecqueux n'était point là, et Jacques s'emporta, lorsqu'il parut enfin, la langue pâteuse, à la suite d'un déjeuner, fait avec un ami. D'habitude, les deux hommes s'entendaient très bien, dans ce long compagnonnage qui les promenait d'un bout à l'autre de la ligne, secoués côte à côte, silencieux, unis par la même besogne et les mêmes dangers. Bien qu'il fût son cadet de plus de dix ans, le mécanicien se montrait paternel pour son chauffeur, couvrait ses vices, le laissait dormir une heure, lorsqu'il était trop ivre ; et celui-ci lui rendait cette complaisance en un dévouement de bon chien. Il faut dire que lui aussi aimait la Lison, ce qui suffisait pour la bonne entente. Eux deux et la machine, ils faisaient un vrai ménage à trois, sans jamais une dispute. Aussi Pecqueux, interloqué d'être si mal reçu, regarda-t-il Jacques avec un redoublement de surprise, lorsqu'il l'entendit grogner ses doutes contre elle.

– Quoi donc ? mais elle va comme une fée !

– Non, non, je ne suis pas tranquille.

Et, malgré le bon état de chaque pièce, il continuait à hocher la tête. C'était que, dans son cœur, la Lison ne se trouvait plus seule. Voilà que la seule idée de reconduire au Havre cette femme presque détestée le matin, amenée avec ennui, le travaillait d'une inquiétude, de la crainte d'un accident, où il se l'imaginait blessée par sa faute, mourante entre ses bras. Dès maintenant, il avait charge d'amour. La Lison, soupçonnée, ferait bien de se conduire correctement.

Six heures sonnèrent, Jacques et Pecqueux montèrent sur le petit pont de tôle qui reliait le tender à la machine ; et, le dernier ayant ouvert le purgeur sur un signe de son chef, un tourbillon de vapeur blanche emplit le hangar noir. Puis, obéissant à la manette du régulateur, lentement tournée par le mécanicien, la Lison démarra, sortit du dépôt, siffla pour se faire ouvrir la voie. Presque tout de suite, elle put s'engager dans le tunnel des Batignolles. Mais, au pont de l'Europe, il lui fallut attendre ; et il n'était que l'heure réglementaire, lorsque l'aiguilleur l'envoya sur l'express de six heures trente, auquel deux hommes d'équipe l'attelèrent solidement.

On allait partir, il n'y avait plus que cinq minutes, et Jacques se penchait, surpris de ne pas voir Séverine au milieu de la bousculade des voyageurs. Enfin, elle parut, en retard, courant presque. Elle longea tout le train, ne s'arrêta qu'à la machine, le teint animé, exultante de joie.

– Ne vous inquiétez pas, me voici. Mon ami, je suis contente, très contente… Une grande chance qui m'arrive… Tout ce que je désirais.

Et il comprit parfaitement, il en éprouva un gros plaisir. Mais les portières battaient, Séverine n'eut que le temps de monter. On partit. La tête à la portière, Séverine regardait.

Et, sur la Lison, Jacques, chaudement vêtu d'un pantalon et d'un bourgeron de laine, portant des lunettes à œillères de drap, attachées derrière la tête, sous sa casquette, ne quittait plus la voie des yeux, se penchait à toute seconde, en dehors de la vitre de l'abri, pour mieux voir. Il avait la main droite sur le volant du changement de marche ; il le manœuvrait d'un mouvement insensible et continu, modérant, accélérant la vitesse ; et, de la main gauche, il ne cessait de tirer la tringle du sifflet, car la sortie de Paris est difficile, pleine d'embûches. Il sifflait aux passages à niveau, aux gares, aux tunnels, aux grandes courbes. Le manomètre baissa, il ouvrit la porte du foyer, en haussant la crémaillère ; et Pecqueux, habitué au geste, comprit, cassa à coups de marteau du charbon, qu'il étala avec la pelle, en une couche bien égale, sur toute la largeur de la grille. Une chaleur ardente leur brûlait les jambes à tous deux ; puis, la porte refermée, de nouveau le courant d'air glacé souffla.

La nuit tombait, Jacques redoublait de prudence. Il avait rarement senti la Lison si obéissante ; et, pourtant, il ne se relâchait pas de sa sévérité. Là, derrière son dos, dans le train lancé à grande vitesse, il voyait une figure fine, s'abandonnant à lui, confiante, souriante. Il en avait un léger frisson. Après les embranchements d'Asnières et de Colombes, il avait respiré un peu. Après Mantes, il dut pousser la Lison, pour qu'elle montât une rampe assez forte, presque d'une demi-lieue. Puis, sans la ralentir, il la lança sur la pente douce du tunnel de Rolleboise, qu'elle franchit en trois minutes à peine. Il n'y avait plus qu'un autre tunnel, celui du Roule, avant la gare de Sotteville, une gare redoutée, que la complication des voies, les continuelles manœuvres, l'encombrement constant, rendent très périlleuse. Toutes les forces de son être étaient dans ses yeux qui veillaient, dans sa main qui conduisait ; et la Lison, sifflante et fumante, traversa Sotteville à toute vapeur, ne s'arrêta qu'à Rouen, d'où elle repartit, calmée un peu, montant avec plus de lenteur la rampe qui va jusqu'à Malaunay.

La lune s'était levée, très claire, d'une lumière blanche, qui permettait à Jacques de distinguer les moindres buissons. Comme, à la sortie du tunnel de Malaunay, il jetait à droite un coup d'œil, il reconnut le coin reculé d'où il avait vu le meurtre. Ensuite, ce fut, à la Croix-de-Maufras, sous la lune immobile, la brusque apparition de la maison plantée de biais, dans son abandon et sa détresse. Et, sans savoir pourquoi, Jacques eut le cœur serré, comme s'il passait devant son malheur.

VI

Un mois se passa. La bruyante et scandaleuse affaire Grandmorin, tout doucement, s'oubliait, allait être classée, par l'impuissance où paraissait être la justice de découvrir le coupable. Le juge d'instruction Denizet avait rendu une ordonnance de non-lieu, à l'égard de Cabuche, motivée sur ce qu'il n'existait pas contre lui de charges suffisantes ; et une légende de police était en train de se former, romanesque : celle d'un assassin inconnu, insaisissable, un aventurier du crime, présent partout à la fois, que l'on chargeait de tous les meurtres. À peine quelques plaisanteries reparaissaient-elles de loin en loin sur ce légendaire assassin, dans la presse de l'opposition, enfiévrée par l'approche des élections générales. Les journaux ne s'occupant plus de l'affaire, elle était sortie de la curiosité passionnée de la foule.

Ce qui avait achevé de ramener le calme chez les Roubaud, c'était l'heureuse façon dont venait de s'aplanir l'autre difficulté, celle que menaçait de soulever le testament du président Grandmorin. Sur les conseils de Mme Bonnehon, les Lachesnaye avaient enfin consenti à ne pas attaquer ce testament, dans la crainte de réveiller le scandale. Et, mis en possession de leur legs, les Roubaud se trouvaient, depuis une semaine, propriétaires de la Croix-de-Maufras, la maison et le jardin, évalués à une quarantaine de mille francs. Tout de suite, ils avaient décidé de la vendre. Séverine s'y était rendue un après-midi ; et elle avait laissé les clefs aux Misard, en les chargeant de montrer la propriété, si des acquéreurs se présentaient.

Et, rien dès lors n'inquiétant plus les Roubaud, ils laissaient donc couler chaque journée dans l'attente assoupie du lendemain. Après la secousse effroyable, qui, pendant près de deux mois, les avait fait vivre dans un continuel frisson, ils jouissaient béatement de cette réaction de torpeur envahissante. Jamais Roubaud ne s'était montré un employé si exact, si consciencieux. De son côté, Séverine, presque toujours seule, paraissait prise d'une fièvre de bonne ménagère. D'habitude, elle brodait, détestant de toucher au ménage, qu'une vieille femme, la mère Simon, venait faire, de neuf heures à midi. Mais, depuis qu'elle se retrouvait tranquille chez elle, des idées de nettoyage l'occupaient. Elle avait commencé une œuvre interminable, tout un couvre-pied brodé, qui menaçait de l'occuper sa vie entière. Elle ne sortait presque jamais.

Mais, chez les Roubaud, un point restait, douloureux, inquiétant, un point du parquet de la salle à manger, où leurs yeux ne pouvaient se porter par hasard, sans qu'un malaise, de nouveau, les troublât. C'était, à gauche de la fenêtre, la frise de chêne qu'ils avaient déplacée, puis remise, pour cacher dessous la montre et les dix mille francs, pris sur le corps de Grandmorin, sans compter environ trois cents francs en or, dans un porte-monnaie. Cette montre et cet argent, Roubaud ne les avait enlevés des poches que pour faire croire au vol. Il n'était pas un voleur, il serait mort de faim à côté, comme il le disait, plutôt que de profiter d'un centime ou de vendre la montre. Et, maintenant, pour rien au monde, il n'aurait fouillé là : c'était comme un charnier, un trou d'épouvante et de mort, où des spectres l'attendaient. Séverine, l'après-midi, lorsqu'elle s'asseyait devant la fenêtre, reculait sa chaise, pour n'être pas juste au-dessus du cadavre qu'ils gardaient ainsi dans leur plancher. Ils n'en parlaient pas entre eux, s'efforçaient de croire qu'ils s'y accoutumeraient. Et ce malaise était d'autant plus singulier, qu'ils ne souffraient nullement du couteau, le beau couteau neuf acheté par la femme, et que le mari avait planté dans la gorge de l'amant. Simplement lavé, il traînait au fond d'un tiroir, il servait parfois à la mère Simon, pour couper le pain.

D'ailleurs, dans cette paix où il vivait, Roubaud venait d'introduire une autre cause de trouble, en forçant Jacques à les fréquenter. Le roulement de son service ramenait le mécanicien au Havre trois fois par semaine : le lundi, le jeudi et le samedi.

Un soir, un jeudi, Jacques avait rencontré le sous-chef flânant autour du dépôt ; et, malgré l'heure tardive, ce dernier avait entraîné le jeune homme chez lui. Séverine, levée encore, lisait. On avait pris un petit verre, on avait même joué aux cartes jusqu'à minuit passé.

Et, désormais, les déjeuners du lundi, les petites soirées du jeudi et du samedi tournaient à l'habitude. C'était Roubaud lui-même, lorsque le camarade manquait un jour, qui le guettait pour le ramener, en lui reprochant sa négligence. Ce garçon qui l'avait si cruellement inquiété d'abord, qui aurait dû maintenant lui être en exécration, comme le témoin, l'évocation vivante des choses affreuses qu'il voulait oublier, lui était au contraire devenu nécessaire, peut-être justement parce qu'il savait et qu'il n'avait point parlé. Cela restait entre eux, ainsi qu'un lien très fort, une complicité. Mais surtout Jacques, dans le ménage, demeurait une distraction. Séverine, elle aussi, l'accueillait gaiement, en femme qu'un plaisir réveille. Quand il déjeunait, c'était fête.

Seulement, lorsque, au bout d'un mois, il fut là, installé, la séparation s'aggrava entre les Roubaud. Une fatigue, une indifférence, ce que l'âge amène, il semblait que la crise affreuse, le sang répandu, l'eût produit entre eux. Et Jacques, certainement, aidait à consommer ce divorce, en les tirant par sa présence de l'obsession où ils étaient d'eux-mêmes. Il les délivrait l'un de l'autre.

Un soir, Roubaud eut un réveil de sa jalousie farouche d'autrefois. Comme il était allé chercher Jacques au dépôt, et qu'il le ramenait prendre chez lui un petit verre, il rencontra, descendant l'escalier, Henri Dauvergne, le conducteur-chef. Celui-ci parut troublé, expliqua qu'il venait de voir Mme Roubaud, pour une commission dont l'avaient chargé ses sœurs. Dès la porte, le sous-chef apostropha violemment sa femme.

– Qu'est-il encore monté faire celui-là ?

– Mais, mon ami, c'est pour un dessin de broderie…

– De la broderie, on lui en fichera! Est-ce que tu me crois assez bête pour ne pas comprendre ce qu'il vient chercher ici?…

Il marchait sur elle, les poings serrés, et elle reculait, toute blanche, étonnée de l'éclat de cet emportement, dans la calme indifférence où ils vivaient l'un et l'autre. Mais il s'apaisait déjà, il s'adressait à son compagnon.

– C'est vrai, des gaillards qui tombent dans un ménage, avec l'air de croire que la femme va tout de suite se jeter à leur tête! Moi, ça me fait bouillir le sang…

Ce fut ainsi que Roubaud rapprocha sa femme et le camarade. Cette question de la jalousie devint justement la cause d'une intimité plus étroite, de toute une tendresse secrète, resserrée de confidences, entre Jacques et Séverine; car celui-ci la plaignit d'avoir été si brutalement traitée.

La première fois que Jacques chuchota à l'oreille de Séverine qu'il l'attendrait le jeudi suivant, à minuit, derrière le dépôt, elle se révolta; il dut la prier pendant près de quinze jours, avant qu'elle consentît. Juin commençait, les soirées devenaient brûlantes. Trois fois déjà, il l'avait attendue, espérant toujours qu'elle le rejoindrait, malgré son refus. Ce soir-là, elle avait dit non encore; mais, comme il était debout, dans l'ombre, il la vit enfin venir, vêtue de noir, d'un pas muet. Il faisait si sombre, qu'elle l'aurait frôlé sans le reconnaître, s'il ne l'avait arrêtée dans ses bras, en lui donnant un baiser. Elle eut un léger cri, frissonnante. Puis, rieuse, elle laissa ses lèvres sur les siennes. Ils marchèrent, ils causèrent à voix très basse, serrés l'un contre l'autre. Il y avait là un vaste espace occupé par le dépôt et ses dépendances, encombré de voies de garage, de réservoirs, de prises d'eau. Pendant une heure, ils y goûtèrent une solitude délicieuse, à soulager leurs cœurs des paroles amies amassées depuis si longtemps ; car elle ne voulait entendre parler que d'affection, elle lui avait tout de suite déclaré qu'elle ne serait jamais à lui, que cela serait trop vilain de salir cette pure amitié dont elle était si fière, ayant le besoin de s'estimer. Puis, il l'accompagna jusqu'à la rue Verte, leurs bouches se rejoignirent en un baiser profond. Et elle rentra.

À cette même heure, dans le bureau des sous-chefs, Roubaud commençait à sommeiller. Le dernier train, un omnibus de Rouen, entrait en gare à minuit et demi. Mais, parfois, il ne pouvait dormir, se retournant dans son fauteuil. Alors, il sortait, faisait une ronde. À la suite d'une lutte avec des maraudeurs, on l'avait armé d'un revolver, qu'il portait tout chargé dans sa poche. Et, jusqu'à l'aube souvent, il se promenait ainsi, s'arrêtant dès qu'il croyait voir remuer la nuit, reprenant sa marche avec le vague regret de n'avoir pas à faire le coup de feu, soulagé lorsque le ciel blanchissait et tirait de l'ombre le grand fantôme pâle de la gare.

Tous les quinze jours, le jeudi et le samedi, Séverine rejoignait Jacques ; et, une nuit, comme elle lui parlait du revolver dont son mari était armé, ils s'en inquiétèrent. Jamais, à la vérité, Roubaud n'allait jusqu'au dépôt. Cela n'en donna pas moins à leurs promenades une apparence de danger, qui en doublait le charme. Ils avaient surtout trouvé un coin adorable : c'était, derrière la maison des Sauvagnat, une petite remise à outils, dans laquelle un empilement de sacs vides aurait fait une couche très molle. Mais, un samedi qu'une averse brusque les forçait à s'y réfugier, elle s'était obstinée à rester debout, n'abandonnant toujours que ses lèvres, dans des baisers sans fin. Cela lui semblait si tendre, de s'aimer, sans toute cette saleté du sexe ! Ce qui la ravissait, chez Jacques, c'était sa douceur, son obéissance à ne pas égarer ses mains sur elle. Son désir inconscient était de prolonger à jamais cette sensation si délicieuse, de redevenir toute jeune, avant la souillure d'avoir un bon ami, ainsi qu'on en a à quinze ans Lui, en dehors des instants de fièvre, n'avait point d'exigence, se prêtait à ce bonheur voluptueusement différé. Ainsi qu'elle, il semblait retourner à l'enfance, commençant l'amour, qui, jusque-là, était resté pour lui une épouvante.

Une nuit de juillet, Jacques, pour arriver au Havre à onze heures cinq, dut pousser la Lison, comme si la chaleur étouffante l'eût rendue paresseuse. Depuis Rouen, un orage l'accompagnait, suivant la vallée de la Seine, avec de larges éclairs éblouissants ; et, de temps à autre, il se retournait, pris d'inquiétude, car Séverine, ce soir-là, devait venir le rejoindre. Sa peur était que cet orage, s'il éclatait trop tôt, ne l'empêchât de sortir. Aussi, lorsqu'il eut réussi à entrer en gare s'impatienta-t-il contre les voyageurs, qui n'en finissaient point de débarrasser les wagons.

Jacques, après avoir refoulé le train, siffla et se rendit au dépôt. La Lison s'engouffra sous le hangar fermé. Tout de suite, Pecqueux se mit à éteindre le foyer. Il tisonnait violemment, et des braises, s'échappant du cendrier, tombaient dessous, dans la fosse.

– J'ai trop faim, je vas casser une croûte dit-il.

Un formidable coup de tonnerre lui coupa la parole. Le mécanicien eut un geste de désespoir. C'était fini, d'autant plus que, maintenant, une pluie diluvienne s'abattait sur le hangar.

Pecqueux achevait d'accommoder la machine.

– Voilà ! on verra clair demain... Pas besoin de lui faire davantage la toilette... Faut manger... Il pleut trop, pour aller se coller sur sa paillasse.

La cantine, en effet, se trouvait là, contre le dépôt même ; tandis que la Compagnie avait dû louer une maison, rue François-Mazeline, où étaient installés des lits pour les mécaniciens et les chauffeurs qui passaient la nuit au Havre.

Jacques dut se décider à suivre Pecqueux, qui avait pris le petit panier de son chef, comme pour lui éviter le soin de le porter. Il savait que ce panier contenait encore deux tranches de veau froid, du pain, une bouteille entamée à peine. La pluie redoublait, un coup de tonnerre encore venait d'ébranler le hangar. Quand les deux hommes s'en allèrent, par la petite porte qui conduisait à la cantine, la Lison se refroidissait déjà.

Cette cantine consistait simplement en une petite salle nue, où il n'y avait qu'un fourneau pour faire chauffer les aliments, et qu'une table, scellée au sol. Les hommes devaient apporter leur nourriture, et mangeaient sur du papier, avec la pointe de leur couteau. Une large fenêtre éclairait la pièce.

– En voilà une sale pluie ! cria Jacques en se plantant à la fenêtre.

– C'est donc que vous aviez de l'occupation, ce soir ? Hein ! à nous deux, on ne peut guère nous reprocher d'user les matelas, rue François-Mazeline.

Vivement, Jacques quitta la fenêtre.

– Pourquoi ça ?

– Dame, vous voilà comme moi, à n'y rentrer qu'à des deux ou trois heures du matin.

Il devait savoir quelque chose, peut-être avait-il surpris un rendez-vous. Dans chaque dortoir, les lits allaient par couples, celui du chauffeur près de celui du mécanicien. Aussi n'était-il pas étonnant que celui-ci s'aperçût de la conduite irrégulière de son chef, très rangé jusque-là.

– J'ai des maux de tête, dit le mécanicien au hasard. Ça me fait du bien, de marcher la nuit.

Mais déjà le chauffeur se récriait.

– Oh ! vous savez, vous êtes bien libre... Ce que j'en dis, c est pour la farce...

Et, comme la pluie s'entêtait, bien que les coups de tonnerre eussent cessé :

– Alors, je file, je vous laisse à vos affaires.

– Oh ! dit Jacques, puisque ça continue, je vais aller m'étendre sur le lit de camp.

Mais il ne se coucha pas. Dans son exaspération contre ce déluge imbécile, grandissait une folle envie d'aller quand même au rendez-vous, d'avoir au moins la joie d'y être, lui, s'il ne comptait plus y trouver Séverine. Il finit par sortir sous l'averse, il poussa jusqu'à la remise aux outils.

Jacques entrait dans l'obscurité profonde de ce réduit, lorsque deux bras légers l'enveloppèrent, et des lèvres chaudes se posèrent sur ses lèvres. Séverine était là. Elle soupirait d'une voix défaillante, jamais il ne l'avait eue si abandonnée à son cou. Elle glissa, elle se trouva assise sur les sacs vides, sur cette couche molle qui occupait tout un angle. Et lui, tombé près d'elle, sans que leurs bras se fussent dénoués, sentait ses jambes en travers des siennes.

Sous l'ardent appel de leur baiser, le tutoiement était monté à leur bouche, comme le sang mêlé de leurs cœurs.

– Tu m'attendais…

– Oh ! je t'attendais, je t'attendais…

Et, tout de suite, dès la première minute, presque sans paroles, ce fut elle qui l'attira d'une secousse, qui le força à la prendre. Elle n'avait point prévu cela. Elle venait d'être emportée dans la joie inespérée de le tenir, dans un brusque et irrésistible besoin d'être à lui, sans calcul ni raisonnement.

Lorsque Jacques se releva, il écouta avec surprise le roulement de l'averse. Où était-il donc ? Et, comme il retrouvait par terre, sous sa main, le manche d'un marteau qu'il avait senti en s'asseyant, il fut inondé de félicité. Alors, c'était fait ? il avait possédé

Séverine et il n'avait pas pris ce marteau pour lui casser le crâne. Il ne sentait plus sa soif de venger des offenses très anciennes dont il aurait perdu l'exacte mémoire. Elle l'avait guéri, parce qu'il la voyait autre, violente dans sa faiblesse, couverte du sang d'un homme qui lui faisait comme une cuirasse d'horreur. Elle le dominait, lui qui n'avait point osé. Et ce fut avec une reconnaissance attendrie, un désir de se fondre en elle, qu'il la reprit dans ses bras.

Séverine, elle aussi, s'abandonnait, bien heureuse, délivrée d'une lutte dont elle ne comprenait plus la raison. Pourquoi s'était-elle donc refusée si longtemps? Son cœur, son corps ne vivaient que d'un besoin d'amour absolu. Jusque-là, l'existence avait abusé d'elle, dans la boue, dans le sang. Elle était restée vierge malgré tout, elle venait de se donner pour la première fois à ce garçon qu'elle adorait, dans le désir de disparaître en lui, d'être sa servante. Elle lui appartenait.

Des heures se passèrent. La pluie avait cessé depuis longtemps, un grand silence enveloppait la gare. Ils étaient encore aux bras l'un de l'autre, lorsqu'un coup de feu les mit debout, frémissants.

Jacques, prudemment, s'était avancé jusqu'à la porte. Et là, dans l'ombre épaisse encore, il entendit approcher un galop d'hommes, il reconnut la voix de Roubaud, qui poussait les surveillants, en leur criant que les maraudeurs étaient trois, qu'il les avait parfaitement vus volant du charbon. Depuis quelques semaines surtout, pas de nuit ne se passait sans qu'il eût de la sorte des hallucinations de brigands imaginaires. Cette fois, sous l'empire d'une frayeur soudaine, il avait tiré au hasard, dans les ténèbres.

– Vite, vite! ne restons pas là, murmura le jeune homme. Ils vont visiter la remise... Sauve-toi!

Séverine, légère, fila le long du dépôt; tandis que lui, doucement, se dissimulait au milieu des tas de charbon. Et il était temps, en vérité, car Roubaud voulait en effet visiter la remise. Les lanternes des surveillants dansaient au ras du sol. Il y eut une querelle. Tous finirent par reprendre le chemin de la gare, irrités de cette poursuite inutile.

Alors, chaque nuit de rendez-vous, Jacques et Séverine goûtèrent de grandes félicités. Ils n'eurent pas toujours, autour d'eux, cette protection de la tempête. Des cieux étoilés, des lunes éclatantes les gênèrent, mais, à ces rendez-vous-là, ils filaient dans les raies d'ombre, ils cherchaient les coins d'obscurité, où il était si bon de se serrer l'un contre l'autre. Et il y eut ainsi, en août et en septembre, des nuits adorables. Même les premiers froids d'octobre ne leur déplurent pas. Cependant, lui, depuis le premier soir, avait une envie, celle de la posséder chez elle, dans cet étroit logement où elle lui semblait autre, plus désirable, avec son calme souriant de bourgeoise honnête; et elle s'y était toujours refusée, moins par crainte de l'espionnage du couloir, que dans un scrupule dernier de vertu, réservant le lit conjugal. Mais, un lundi, en plein jour, comme il devait déjeuner là et que le mari tardait à monter, il plaisanta, la porta sur ce lit, dans une folie de témérité dont ils riaient tous les deux; si bien qu'ils s'y oublièrent. Dès lors, elle ne résista plus, il monta la rejoindre, après minuit sonné, les jeudis et les samedis. Cela était horriblement dangereux : ils y éprouvèrent un redoublement de tendresse, des jouissances nouvelles.

Depuis quatre mois déjà, Jacques et Séverine vivaient ainsi, d'une passion croissante. Lui, n'en doutait plus, avait trouvé la guérison de son affreux mal héréditaire ; car, depuis qu'il la possédait, la pensée du meurtre ne l'avait plus troublé. Était-ce donc que la possession physique contentait ce besoin de mort ? Posséder, tuer, cela s'équivalait-il, dans le fond sombre de la bête humaine[1] ? Il ne raisonnait pas, trop ignorant, n'essayait pas d'entrouvrir la porte d'épouvante. Parfois, entre ses bras, il retrouvait la brusque mémoire de ce qu'elle avait fait, de cet assassinat, avoué du regard seul, sur le banc du square des Batignolles ; et il n'éprouvait même pas l'envie d'en connaître les détails. Elle, au contraire, semblait de plus en plus tourmentée du besoin de tout dire. Lorsqu'elle le serrait d'une étreinte, il sentait bien qu'elle était gonflée et haletante de son secret. Vite, d'un baiser, il fermait sa bouche, y scellait l'aveu, saisi d'une inquiétude. Pourquoi mettre cet inconnu entre eux ? pouvait-on affirmer que cela ne changerait rien à leur bonheur ?

Roubaud, depuis l'été, s'était encore épaissi, et à mesure que sa femme retournait à la gaieté, à la fraîcheur de ses vingt ans, lui vieillissait, semblait plus

1. Expression empruntée à la préface de *Cromwell*, de Victor Hugo. *(N.d.E.)*

sombre. Il sortait souvent, sous le prétexte qu'il étouffait et qu'il avait besoin d'aller prendre l'air. La vérité était que, maintenant, il fréquentait un petit café du cours Napoléon, où il retrouvait M. Cauche, le commissaire de surveillance. Il buvait peu, mais un goût du jeu lui était venu, qui tournait à la passion. Il ne se ranimait, n'oubliait tout que les cartes à la main. M. Cauche, un effréné joueur, avait décidé qu'on intéresserait les parties ; et, dès lors, Roubaud avait brûlé de la rage du gain, cette fièvre chaude de l'argent gagné, qui ravage un homme jusqu'à lui faire risquer sa situation, sa vie, dans un coup de dés. Sa femme ne s'en plaignait point, elle lui reprochait uniquement de rentrer plus maussade ; car il avait une déveine extraordinaire, il finissait par s'endetter.

Un soir, une première querelle éclata entre Séverine et Roubaud. Ce soir-là, ce fut à propos de l'achat nécessaire d'une paire de bottines. Elle le regardait, tandis qu'il refusait les quinze francs des bottines, ne les ayant pas, ne sachant où les prendre ; mais, tout d'un coup, elle lui montra du doigt l'endroit du parquet où dormaient des spectres, elle lui dit qu'il y en avait là, de l'argent, et qu'elle en voulait. Il devint très pâle. Il serrait les poings, il menaçait de l'assommer, si elle s'avisait, pendant son absence, de soulever la frise, pour voler seulement un centime. Jamais, jamais ! c'était mort et enterré ! La misère pouvait venir, tous deux crèveraient de faim à côté. En effet, ils n'en parlèrent plus.

Tout se gâtait de même autour des Roubaud. Une nouvelle bourrasque de commérages soufflait dans le couloir. Philomène venait de rompre violemment avec Mme Lebleu, à la suite d'une calomnie de cette dernière qui l'accusait de lui avoir vendu une poule morte de maladie. Mais la vraie raison de rupture était dans un rapprochement de Philomène et de Séverine. Les choses commençaient donc à tourner très mal pour Mme Lebleu, d'autant plus que son acharnement à guetter Mlle Guichon, afin de la surprendre avec le chef de gare, menaçait aussi de lui causer des ennuis sérieux : elle ne les surprenait toujours pas, mais elle avait le tort de se laisser surprendre, elle, l'oreille tendue, collée aux portes ; si bien que M. Dabadie, exaspéré d'être ainsi espionné, avait dit au sous-chef Moulin que, si Roubaud réclamait encore le logement, il était prêt à contresigner la lettre. Et Moulin, ayant répété cela, on avait failli se battre de porte en porte, d'un bout du couloir à l'autre, tellement les passions s'étaient rallumées.

Au milieu de ces secousses croissantes, Séverine n'avait qu'un bon jour, le vendredi. Depuis octobre, elle avait eu la tranquille audace d'inventer un prétexte, une douleur au genou, qui nécessitait les soins d'un spécialiste ; et, chaque vendredi, elle partait par l'express de six heures quarante du matin, que conduisait Jacques, elle passait la journée avec lui à Paris, puis revenait par l'express de six heures trente.

Dans les premiers jours de décembre, par une nuit glaciale, Séverine attendit son mari très tard. Le lendemain, un vendredi, avant l'aube, elle devait prendre l'express. Enfin, elle se coucha, finit par s'endormir, vers une heure. Roubaud n'était pas rentré. Trois heures allaient sonner, lorsqu'un bruit singulier l'éveilla. C'étaient des pesées sourdes, des craquements de bois, comme si l'on avait voulu forcer une porte. Pendant une minute, elle n'osa bouger. Puis, elle eut le courage de se lever, pour voir ; elle entrouvrit la porte de sa chambre doucement ; et le spectacle qu'elle aperçut, dans la salle à manger, la cloua de surprise et d'effroi.

Par terre, Roubaud, venait d'arracher la frise, à l'aide d'un ciseau. Séverine eut un cri involontaire, et Roubaud, terrifié, se retourna.

– Qu'est-ce que tu fais donc ? demanda-t-elle.

Il ne lâcha qu'un grognement sourd.

– Tu me refuses des bottines, et tu prends l'argent pour toi, parce que tu as perdu.

Cela l'enragea. Est-ce qu'elle allait lui gâter la vie encore, se mettre en travers de son plaisir ? De nouveau, il fouilla, ne prit que le porte-monnaie, contenant les trois cents francs d'or. Et, lorsque, du talon, il eut remis la frise en place, il vint lui jeter au visage, les dents serrées :

– Tu m'embêtes, je fais ce que je veux. Est-ce que je te demande, moi, ce que tu vas faire, tout à l'heure, à Paris ?

Puis, avec un furieux haussement d'épaules, il retourna au café.

VII

Ce vendredi-là, la neige tombait depuis minuit.

Lorsque, vers cinq heures et demie, Jacques et Pecqueux étaient arrivés au dépôt, ils avaient eu un grognement d'inquiétude, devant cette neige entêtée, dont crevait le ciel noir.

Roubaud était sur le quai, avec sa lanterne. Jacques lui ayant demandé s'il ne savait rien de l'état de la voie, il venait de s'approcher et de lui serrer la main, en répondant qu'il n'avait pas de dépêche encore ; et, comme Séverine descendait, enveloppée d'un grand manteau, il la conduisit lui-même à un compartiment de première classe, où il l'installa. Sans doute avait-il surpris le regard de tendresse inquiète, échangé entre les deux amants ; mais il ne se soucia seulement pas de dire à sa femme qu'il était imprudent de partir par un temps pareil, et qu'elle ferait mieux de remettre son voyage.

Roubaud éleva sa lanterne, donnant le signal.

– Attention ! dit Jacques à Pecqueux. Pas de farce, aujourd'hui !

Il avait bien remarqué que son compagnon semblait tomber de lassitude : le résultat, sûrement, de quelque noce de la veille.

Tout de suite, dès la sortie de la halle couverte, les deux hommes étaient entrés dans la neige. Le vent soufflait de l'est, la machine avait ainsi le vent debout, fouettée de face par les rafales ; et, derrière l'abri, ils n'en souffrirent pas trop d'abord, vêtus de grosses laines, les yeux protégés par des lunettes. Mais, dans la nuit, la lumière éclatante du fanal était comme mangée par ces épaisseurs blafardes qui tombaient. Et, ce qui porta l'inquiétude du mécanicien à son comble, ce fut de constater qu'il ne verrait certainement pas, à la distance réglementaire, les signaux rouges, fermant la voie.

Jusqu'à la station d'Harfleur, la Lison fila d'une bonne marche continue. Debout sur la plaque de tôle qui reliait la machine au tender, Jacques, malgré la neige, se penchait à droite, pour mieux voir ; et il restait la face sous les rafales, la peau flagellée de milliers d'aiguilles, pincée d'un tel froid, qu'il y sentait comme des coupures de rasoir.

Mais, tout d'un coup, dans les ténèbres, une sensation l'avertit que son chauffeur n'était plus là. Sur le cadran du manomètre, il avait vu que l'aiguille bleue, tremblante, baissait rapidement. C'était le feu qui tombait. Le chauffeur venait de s'étaler sur le coffre, vaincu par le sommeil.

– Sacré noceur ! cria Jacques, furieux.

Pecqueux se releva, s'excusa. Il tenait à peine debout ; mais la force de l'habitude le remit tout de suite à son feu, le marteau en main, cassant le charbon, l'étalant sur la grille avec la pelle.

Après Harfleur, commença la grande rampe de trois lieues qui va jusqu'à Saint-Romain, la plus forte de toute la ligne. Aussi le mécanicien se remitil à la manœuvre, très attentif, s'attendant à un fort coup de collier, pour monter cette côte. La Lison s'essoufflait.

Jacques répétait, exaspéré :

– Jamais elle ne montera, si on ne la graisse pas.

Et, ce qu'il n'avait pas fait trois fois dans sa vie, il prit la burette, pour la graisser en marche. Enjambant la rampe, il monta sur le tablier, qu'il suivit tout le long de la chaudière. Ses pieds glissaient sur l'étroite bande de fer, mouillée par la neige ; et il était aveuglé, et le vent terrible menaçait de le balayer comme une paille. Quand il revint, exténué, il était tout pâle, ayant senti passer la mort.

– Sale rosse ! murmura-t-il.

Cependant, la Lison, qui avait franchi la terrible rampe, se mit à rouler plus à l'aise, et Jacques put respirer un moment. Quand il fut à Beuzeville, pendant l'arrêt de trois minutes, il n'en appela pas moins le chef de gare qu'il aperçut sur le quai, tenant à lui dire ses craintes, en face de cette neige dont la couche augmentait toujours : jamais il n'arriverait à Rouen, le mieux serait de doubler l'attelage, en ajoutant une seconde machine. Mais le chef de gare répondit qu'il n'avait pas d'ordre. Tout ce qu'il offrit, ce fut de donner cinq ou six pelles de bois, pour déblayer les rails, en cas de besoin. Et Pecqueux prit les pelles, qu'il rangea dans un coin du tender.

Sur le plateau, la Lison continua sa marche avec une bonne vitesse. Le jour naissait ; mais, à peine en distinguait-on la pâleur au ciel, dans l'immense tourbillon blanchâtre qui emplissait l'espace.

On traversa Bolbec, puis Yvetot, sans encombre. Avec le jour grandissant, le vent redoublait de violence, les flocons étaient chassés comme des balles. À droite et à gauche, les vastes champs plats, les gras pâturages clos de haies vives, les cours plantées de pommiers, n'étaient plus qu'une mer blanche, une immensité blême et tremblante. Et le mécanicien, debout, la face coupée par les rafales, la main sur le volant, commençait à souffrir terriblement du froid.

Enfin, à l'arrêt de Barentin, le chef de gare, M. Bessière, s'approcha lui-même de la machine, pour prévenir Jacques qu'on signalait des quantités considérables de neige, du côté de la Croix-de-Maufras.

– Je crois qu'on peut encore passer, ajouta-t-il. Mais vous aurez de la peine.

Alors, le jeune homme s'emporta.

– Tonnerre de Dieu ! je l'ai bien dit, à Beuzeville ! Qu'est-ce que ça pouvait leur faire, de doubler l'attelage ?...

– Enfin, vous voilà prévenus, reprit M. Bessière. Allons, partez. Il est inutile d'effrayer le monde.

Une fois encore, la Lison démarra. Tout de suite, Jacques sentit que l'état de la voie changeait. On entrait dans le pays tourmenté, les côtes et les vallons dont la houle énorme allait jusqu'à Malaunay, bossuant le sol ; et la neige s'était amassée là d'une façon irrégulière.

Jamais encore Jacques ne s'était senti pénétrer d'un tel froid. Quand il levait le coude, pour tirer la tringle du sifflet, son bras pesait à son épaule comme un bras de mort. Une immense fatigue l'avait envahi, avec ce froid, dont le gel gagnait son crâne, et sa peur était de ne plus savoir s'il conduisait, car il ne tournait déjà le volant que d'un geste machinal, il regardait, hébété, le manomètre descendre. Toutes les histoires connues d'hallucinations lui traversaient la tête. N'était-ce pas un arbre abattu, là-bas, en travers de la voie ? N'avait-il pas aperçu un drapeau rouge flottant au-dessus de ce buisson ? Il n'aurait pu le dire, il se répétait qu'il devrait arrêter, et il n'en trouvait pas la volonté nette. Pendant quelques minutes, cette crise le tortura ; puis, brusquement, la vue de Pecqueux, retombé endormi sur le coffre, le jeta dans une colère telle, qu'il en fut comme réchauffé.

– Ah ! nom de Dieu de salop !

Et lui, si doux d'ordinaire aux vices de cet ivrogne, le réveilla à coups de pied. L'autre, engourdi, se contenta de grogner, en reprenant sa pelle.

Quand le foyer fut chargé, la pression remonta ; et il était temps, la Lison venait de s'engager au fond d'une tranchée, où elle avait à fendre une épaisseur de plus d'un mètre. Un instant, elle s'épuisa, il sembla qu'elle allait s'immobiliser. Ce qui la chargeait, c'était la neige dont une couche pesante avait peu à peu couvert la toiture des wagons. Une fois de plus, malgré le poids, elle se dégagea, elle passa.

Mais plus loin, les tranchées recommençaient, et Jacques, et Pecqueux, qui avaient senti toucher la Lison, se raidirent contre le froid, debout à ce poste que, même mourants, ils ne pouvaient déserter. De nouveau, la machine perdait de sa vitesse. Il sembla qu'elle s'engluait, prise par toutes ses roues, de plus en plus serrée, hors d'haleine. Elle ne bougea plus. C'était fait, la neige la tenait, impuissante.

– Ça y est, gronda Jacques. Tonnerre de Dieu !

Il ferma le régulateur. Le conducteur-chef s'était penché à la porte de son fourgon, et Pecqueux s'étant montré, lui cria à son tour :

– Ça y est, nous sommes collés !

Vivement, le conducteur sauta dans la neige, dont il avait jusqu'aux genoux. Il s'approcha, les trois hommes tinrent conseil.

– Nous ne pouvons qu'essayer de déblayer, finit par dire le mécanicien. Heureusement, nous avons des pelles. Appelez votre conducteur d'arrière, et à nous quatre nous finirons bien par dégager les roues.

On fit signe au conducteur d'arrière, qui, lui aussi, était descendu du fourgon. Mais cet arrêt en pleine campagne, au milieu de cette solitude blanche, cet employé sautant le long du train, à pénibles enjambées, avaient inquiété les voyageurs. Des glaces se baissèrent.

– Où sommes-nous ?... Pourquoi a-t-on arrêté ?

Le conducteur sentit la nécessité de rassurer le monde.

– On va repartir dans trois minutes.

Le froid était terrible, la neige entrait, et les têtes disparurent, les glaces se relevèrent. Mais, au fond des voitures closes, une agitation persistait, une anxiété, dont on sentait le sourd bourdonnement.

Jacques menait le travail. Ayant aperçu Séverine à une portière du premier wagon, il l'avait suppliée du regard ; et elle s'était retirée, pour ne pas rester à ce vent glacial qui lui brûlait la figure. Lui, dès lors, songeant à elle, avait travaillé de grand cœur. Mais il remarquait que la cause de l'arrêt ne provenait pas des roues : c'était le cendrier, placé entre elles, qui faisait obstacle, roulant la neige, la durcissant en paquets énormes. Et une idée lui vint.

– Il faut dévisser le cendrier.

Ce fut une dure besogne. Allongés sous la machine, le dos dans la neige qui fondait, Jacques et Pecqueux durent travailler pendant près d'une demi-heure.

– Maintenant, achevons de déblayer, dit le conducteur.

– Non, non, c'est assez déblayé, déclara Jacques. Montez, je me charge du reste.

Lorsque les deux conducteurs eurent regagné leurs fourgons, il tourna lui-même le robinet du purgeur. Le jet de vapeur brûlante, assourdi, acheva de fondre les paquets qui adhéraient encore aux rails. Puis, la main au volant, il fit machine arrière. Lentement, il recula d'environ trois cents mètres, pour prendre du champ. Et, ayant poussé au feu, dépassant même la pression permise, il revint contre le mur qui barrait la voie, il y jeta la Lison, de toute sa masse, de tout le poids du train qu'elle traînait. Et elle passa, et lourdement le train la suivit, entre les deux murs de la neige éventrée. Elle était libre.

– Bonne bête tout de même ! grogna Pecqueux.

Jacques, aveuglé, ôta ses lunettes, les essuya. Son cœur battait à grands coups, il ne sentait plus le froid. Mais, brusquement, la pensée lui vint d'une tranchée profonde, qui se trouvait à trois cents mètres environ de la Croix-de-Maufras : elle s'ouvrait dans la direction du vent, la neige devait s'y être accumulée en quantité considérable ; et, tout de suite, il eut la certitude que c'était là l'écueil marqué où il naufragerait.

Cependant, la Lison filait à une vitesse moyenne, n'ayant plus rencontré d'obstacle. Enfin, il lui fallut entrer dans la tranchée. À droite et à gauche, les talus étaient noyés, et l'on ne distinguait plus rien de la voie, au fond. Elle s'y engagea, roula pendant une cinquantaine de mètres. La neige qu'elle repoussait, faisait une barre devant elle, bouillonnait et montait, en un flot révolté qui menaçait de l'engloutir. Un instant, elle parut débordée, vaincue. Mais, d'un dernier coup de reins, elle se délivra, avança de trente mètres encore. C'était la fin, la secousse de l'agonie : des paquets de neige retombaient, recouvraient les roues, toutes les pièces du mécanisme étaient envahies, liées une à une par des chaînes de glace. Et la Lison s'arrêta définitivement, expirante, dans le grand froid. Son souffle s'éteignit, elle était immobile, et morte.

– Là, dit Jacques. Je m'y attendais.

Tout de suite, il voulut faire machine arrière, pour tenter de nouveau la manœuvre. Mais, cette fois, la Lison ne bougea pas. Elle refusait de reculer comme d'avancer, elle était bloquée de toutes parts, collée au sol, inerte, sourde. Derrière elle, le train, lui aussi, semblait mort, enfoncé dans l'épaisse couche jusqu'aux portières. Et c'était un enlisement, où machine et voitures allaient disparaître, déjà recouvertes à moitié, sous le silence frissonnant de cette solitude blanche.

– Eh bien, ça recommence ? demanda le conducteur-chef, en se penchant en dehors du fourgon.

– Foutus ! cria simplement Pecqueux.

Le conducteur d'arrière courut poser les pétards qui devaient protéger le train, en queue ; tandis que le mécanicien sifflait éperdument, à coups pressés, le sifflet haletant et lugubre de la détresse. Mais la neige assourdissait l'air, le son se perdait, ne devait pas même arriver à Barentin. Que faire ? Ils n'étaient que quatre, jamais ils ne déblaieraient de pareils amas. La nécessité s'imposait de courir chercher du secours. Et le pis était que la panique se déclarait de nouveau parmi les voyageurs.

Jacques venait de décider le conducteur-chef à envoyer le conducteur d'arrière à Barentin, pour demander du secours. Ni lui, ni Pecqueux, ne pouvaient quitter la machine.

L'employé s'éloigna, on le perdit bientôt de vue, au bout de la tranchée. Il avait quatre kilomètres à faire, il ne serait pas de retour avant deux heures peut-être. Et Jacques, désespéré, lâcha un instant son poste, courut à la première voiture, où il apercevait Séverine, qui avait baissé la glace.

– N'ayez pas peur, dit-il rapidement. Vous ne craignez rien.

Elle répondit de même, sans le tutoyer, de crainte d'être entendue :

– Je n'ai pas peur. Seulement, j'ai été bien inquiète, à cause de vous.

Et cela était d'une douceur telle, qu'ils furent consolés et qu'ils se sourirent. Mais, comme Jacques se retournait, il eut une surprise, à voir, le long du talus, Flore, puis Misard, suivi de deux autres hommes, qu'il ne reconnut pas d'abord. Eux avaient entendu le sifflet de détresse, et Misard accourait, avec les deux camarades, auxquels il offrait justement le vin blanc, le carrier Cabuche et l'aiguilleur Ozil.

Mais Flore avait reconnu Séverine. Elle, qui guettait chaque fois le train de Jacques, s'était aperçue, depuis quelques semaines, de la présence de cette femme, dans l'express du vendredi matin; d'autant plus que celle-ci, lorsqu'elle approchait du passage à niveau, mettait la tête à la portière, pour donner un coup d'œil à sa propriété de la Croix-de-Maufras. Les yeux de Flore noircirent, en la voyant causer à demi-voix, avec le mécanicien.

– Ah! madame Roubaud! s'écria Misard, qui venait aussi de la reconnaître, et qui prit immédiatement son air obséquieux. En voilà une mauvaise chance!... Mais vous n'allez pas rester là, il faut descendre chez nous.

Jacques appuya son offre.

– Il a raison... On en a peut-être pour des heures, vous auriez le temps de mourir de froid.

Séverine refusait, bien couverte, disait-elle. Puis, les trois cents mètres dans la neige l'effrayaient un peu. Alors, s'approchant, Flore, qui la regardait de ses grands yeux fixes, dit enfin:

– Venez, madame, je vous porterai.

Et, avant que celle-ci eût accepté, elle la soulevait ainsi qu'un petit enfant. Ensuite, elle la déposa de l'autre côté de la voie, à une place déjà foulée, où les pieds n'enfonçaient plus.

Cependant, la proposition de Misard, cette maison de garde-barrière, où l'on pouvait se réfugier, courait d'une voiture à une autre. Deux camps se formèrent : ceux qui ne voulaient pas quitter les wagons, et qui s'y installaient comme pour y mourir ; et ceux qui préféraient risquer la course à travers la neige.

Jacques, à voix basse, avait décidé Séverine. Et, comme Flore les regardait toujours de ses yeux sombres, il lui parla doucement, en vieil ami :

– Eh bien ! c'est entendu, tu vas conduire ces dames et ces messieurs... Moi, je garde Misard, avec les autres. Nous ferons ce que nous pourrons, en attendant.

Tout de suite, en effet, Cabuche, Ozil, Misard avaient pris des pelles, pour se joindre à Pecqueux et au conducteur-chef, qui attaquaient déjà la neige. La petite équipe s'efforçait de dégager la machine, fouillant sous les roues, rejetant les pelletées contre le talus.

Flore avait voulu reprendre Séverine dans ses bras. Mais celle-ci s'y était refusée, tenant à marcher comme les autres. Les trois cents mètres furent très pénibles à franchir : on enfonçait jusqu'aux hanches. Enfin, l'on arriva, et Flore installa les voyageurs dans la cuisine, où elle ne put même leur donner un siège à chacun, car ils étaient bien une vingtaine encombrant la pièce. Tout ce qu'elle inventa, ce fut d'aller chercher des planches et d'établir deux bancs, à l'aide des chaises qu'elle avait. Et Flore, ayant rencontré le regard de Séverine, assise sur une chaise, devant le feu, lui fit un signe, pour la faire passer dans la chambre, à côté.

– Maman, annonça-t-elle en y entrant, c'est Mme Roubaud… Tu n'as rien à lui dire ?

Phasie était couchée, la face jaunie, les jambes envahies par l'enflure, si malade, qu'elle ne quittait plus le lit depuis quinze jours ; et, dans la chambre pauvre, où un poêle de fonte entretenait une chaleur étouffante, elle passait les heures à rouler l'idée fixe de son entêtement.

– Ah ! Mme Roubaud, murmura-t-elle, bon, bon !

Flore lui conta l'accident, lui parla de ce monde qu'elle avait amené et qui était là. Mais tout cela ne la touchait plus.

– Bon, bon ! répétait-elle, de la même voix lasse.

Pourtant, elle se souvint, elle leva un instant la tête, pour dire :

– Si madame veut aller voir sa maison, tu sais que les clefs sont accrochées près de l'armoire.

Mais Séverine refusait. Un frisson l'avait prise, à la pensée de rentrer à la Croix-de-Maufras, par cette neige, sous ce jour livide. Non, non, elle préférait rester là, à attendre, chaudement.

– Asseyez-vous donc, madame, reprit Flore.

Elle avait avancé une chaise, elle continuait à se montrer prévenante. Mais ses yeux ne quittaient pas la jeune femme, comme si elle voulait lire en elle, se faire une certitude sur une question qu'elle se posait depuis quelque temps.

Séverine remercia, s'installa près du poêle. Deux heures se passèrent, elle cédait à la grosse chaleur, et s'endormait, après avoir causé du pays, lorsque Flore, appelée à chaque instant dans la cuisine, rouvrit la porte, en disant, de sa voix dure :

– Entre, puisqu'elle est par ici !

C'était Jacques, qui s'échappait, pour apporter de bonnes nouvelles. L'homme, envoyé à Barentin, venait de ramener toute une équipe, une trentaine de soldats que l'administration avait dirigés sur les points menacés, en prévision des accidents : et tous étaient à l'œuvre, avec des pioches et des pelles. Seulement, ce serait long, on ne repartirait peut-être pas avant la nuit.

– Vous n'êtes pas trop mal, prenez patience, ajouta-t-il. N'est-ce pas, tante Phasie, vous n'allez pas laisser Mme Roubaud mourir de faim ?

Phasie, à la vue de son grand garçon, s'était péniblement mise sur son séant, et elle le regardait, elle l'écoutait parler, ranimée, heureuse.

– Bien sûr, bien sûr ! déclara-t-elle. Ah ! mon grand garçon, te voilà ! c'est toi qui t'es fait prendre par la neige !...

Il l'examinait, effrayé des progrès du mal. Elle lui serrait la main à la briser, en baissant la voix :

– Imagine-toi que je l'ai surpris... Tu sais que j'en donnais ma langue aux chiens, de ne pas savoir dans quoi il pouvait bien me flanquer sa drogue. Je ne buvais, je ne mangeais rien de ce qu'il touchait, et tout de même, chaque soir, j'avais le ventre en feu… Eh bien ! il me la collait dans le sel, sa drogue ! Un soir, je l'ai vu… Moi qui en mettais sur tout, des quantités, pour purifier !

Jacques, depuis que la possession de Séverine semblait l'avoir guéri, songeait parfois à cette histoire d'empoisonnement comme on songe à un cauchemar, avec des doutes. Il serra tendrement à son tour les mains de la malade, il voulut la calmer.

– Voyons, est-ce possible, tout ça ?… Allez, c'est plutôt une maladie à laquelle les médecins ne comprennent rien.

– Une maladie, reprit-elle en ricanant, une maladie qu'il m'a fichue dans la peau, oui !… N'importe, ce ne sera pas pour ce coup-ci. Je vais mieux, je serai sur mes pattes avant quinze jours… Et, cette fois, il faudra qu'il soit bien malin pour me repincer.

Jacques pensait que la maladie lui hantait le cerveau de ces imaginations noires ; et, pour la distraire, il tâchait de plaisanter, lorsqu'elle se mit à trembler sous la couverture.

– Le voici, souffla-t-elle. Je le sens, quand il approche.

En effet, quelques secondes après, Misard entra. Elle était devenue livide. Misard, qui, dès la porte, les avait enveloppés, elle et le mécanicien, d'un vif regard, ne parut même pas ensuite les avoir vus, côte à côte ; et, les yeux ternes, avec son air doux d'homme chétif, il se confondait déjà en prévenances devant Séverine.

– J'ai pensé que madame voudrait peut-être profiter de l'occasion pour donner un coup d'œil à sa propriété. Alors, je me suis échappé un instant… Si madame désire que je l'accompagne.

Et, comme la jeune femme refusait de nouveau, il voulut absolument lui servir du pain et des poires. Elle accepta.

En traversant la cuisine, Misard avait annoncé aux voyageurs que le travail de déblaiement marchait, mais qu'il y en avait encore pour quatre ou cinq heures. Midi était sonné, et ce fut une nouvelle lamentation, car il commençait à faire grand-faim. Il y avait, par terre, devant l'âtre, deux dames assises, vaincues par l'attente. Des hommes, qui étaient sortis fumer devant la maison, rentraient gelés. Peu à peu, le malaise grandissait. Cela tournait au campement de naufragés.

Et, comme les allées et venues de Misard laissaient la porte ouverte, tante Phasie, de son lit de malade, regardait. C'était donc là ce monde, qu'elle aussi voyait passer dans un coup de foudre, depuis un an bientôt qu'elle se traînait de son matelas à sa chaise. Toujours elle s'était plainte de ce pays de loups, où l'on n'avait jamais une visite ; et voilà qu'une vraie troupe débarquait de l'inconnu. Dire que, là-dedans, pas un ne se doutait de la chose, de cette saleté qu'on lui avait mise dans son sel ! Pas un qui se serait imaginé que, dans cette petite maison basse, on tuait à son aise, sans faire de bruit.

– Est-ce que vous retournez là-bas ? demanda Misard à Jacques.

– Oui, oui, répondit ce dernier, je vous suis.

Misard s'en alla, en refermant la porte. Et Phasie, retenant le jeune homme par la main, lui dit encore à l'oreille :

– Si je claque, tu verras sa tête, lorsqu'il ne trouvera pas le magot… Je m'en irai contente tout de même.

– Et alors, tante Phasie, ce sera perdu pour tout le monde ? Vous ne le laisserez donc pas à votre fille ?

– À Flore ! pour qu'il lui prenne ! Ah bien, non !… Pas même à toi, mon grand garçon, parce que tu es trop bête aussi : il en aurait quelque chose… À personne, à la terre où j'irai le rejoindre !

Elle s'épuisait, et Jacques la recoucha, la calma, en l'embrassant, en lui promettant de venir la revoir bientôt. Puis, comme elle semblait s'assoupir, il passa derrière Séverine, toujours assise près du poêle ; et, d'un joli mouvement silencieux, elle renversa la tête, offrant ses lèvres, et lui se pencha, colla sa bouche à la sienne. Leurs yeux s'étaient fermés, ils buvaient leur souffle. Mais, quand ils les rouvrirent, éperdus, Flore, qui avait ouvert la porte, était là, debout devant eux, les regardant.

– Madame n'a plus besoin de pain ? demanda-t-elle d'une voix rauque.

Séverine, confuse, très ennuyée, balbutia de vagues paroles :

– Non, non, merci.

Un instant, Jacques fixa sur Flore des yeux de flamme. Il hésitait, ses lèvres tremblaient, comme s'il voulait parler ; puis, avec un grand geste furieux qui la menaçait, il préféra partir. Derrière lui, la porte battit rudement.

Flore était restée debout. Son angoisse, chaque vendredi, à voir cette dame dans le train qu'il conduisait, ne l'avait donc pas trompée. La certitude qu'elle cherchait depuis qu'elle les tenait là, ensemble, elle l'avait enfin, absolue. Jamais l'homme qu'elle aimait ne l'aimerait : c'était cette femme mince, cette rien du tout, qu'il avait choisie. Et, torturée de jalousie, gonflée de colère, elle se mit à enlever le reste du pain et des poires, avec ses grands gestes de belle fille sauvage.

Trois heures sonnèrent, puis quatre heures. Le temps traînait, dans un écrasement de lassitude et d'irritation grandissantes. De dix minutes en dix minutes, les hommes qui sortaient pour regarder de loin où en était le travail, rentraient dire que la machine ne semblait toujours pas dégagée. La pièce se refroidissait, on grelottait sans même songer à remettre du bois au feu.

Là-bas, cependant, le déblaiement s'achevait ; et, tandis que l'équipe de soldats, qui avait dégagé la machine, balayait la voie devant elle, le mécanicien et le chauffeur venaient de remonter à leur poste. Jacques, en voyant que la neige cessait enfin, reprenait confiance. Enfin, le conducteur-chef venait de décider avec Jacques qu'on pouvait essayer de repartir.

Jacques siffla, ouvrit le régulateur, pour tâter les articulations de la Lison. Elle fut longue à s'ébranler, comme une personne meurtrie par une chute, qui ne retrouve plus ses membres. Enfin, avec un souffle pénible, elle démarra, fit quelques tours de roue, étourdie encore, pesante. Ça irait, elle pourrait marcher, ferait le voyage. Seulement, il hocha la tête, car lui qui la connaissait à fond, venait de la sentir singulière sous sa main, changée, vieillie, touchée quelque part d'un coup mortel. C'était dans cette neige qu'elle devait avoir pris ça, un coup au cœur, un froid de mort, ainsi que ces femmes jeunes, solidement bâties, qui s'en vont de la poitrine, pour être rentrées un soir de bal, sous une pluie glacée.

De nouveau, Jacques siffla, après que Pecqueux eut ouvert le purgeur. Et, doucement, le train sortit de la tranchée, entre les soldats armés de leurs pelles. Puis, il s'arrêta devant la maison du garde-barrière, pour prendre les voyageurs.

Flore était là, dehors. Ozil et Cabuche la rejoignirent, se tinrent près d'elle ; tandis que Misard s'empressait maintenant, saluait les dames et les messieurs qui sortaient de chez lui, ramassait des pièces blanches. Et l'on eût dit, dans le gâchis de la neige piétinée, l'embarquement d'une troupe en déroute, se bousculant, s'abandonnant, ayant perdu jusqu'à l'instinct de la propreté. Un instant, à la fenêtre de la chambre, derrières les vitres, apparut tante Phasie, que la curiosité avait jetée bas de son matelas, et qui s'était traînée, pour voir. Ses grands yeux caves de malade regardaient cette foule inconnue, ces passants du monde en marche, qu'elle ne reverrait jamais, apportés par la tempête et remportés par elle.

VIII

À Paris le train n'entra en gare qu'à dix heures quarante du soir. Il y avait eu un arrêt de vingt minutes à Rouen, et Séverine s'était empressée d'envoyer une dépêche à son mari, en le prévenant qu'elle ne rentrerait au Havre que par l'express du lendemain soir. Toute une nuit à être avec Jacques, la première qu'ils passeraient ensemble, dans une chambre close, libres d'eux-mêmes, sans crainte d'y être dérangés !

Comme on venait de quitter Mantes, Pecqueux avait eu une idée. Sa femme, la mère Victoire, était à l'hôpital depuis huit jours, pour une foulure grave du pied ; et, lui ayant en ville un autre lit où coucher, ainsi qu'il le disait en ricanant, il avait trouvé d'offrir leur chambre à Mme Roubaud : elle y serait beaucoup mieux que dans un hôtel du voisinage. Tout de suite, Jacques s'était rendu compte du côté pratique de l'arrangement.

Séverine eut la chance de trouver la maison ouverte encore, elle monta l'escalier, sans être vue de la concierge ; et, au quatrième, elle ouvrit la porte, la referma si doucement, que nul voisin, à coup sûr, ne pouvait la soupçonner là. Et, maintenant que Séverine avait refermé la porte, elle reconnaissait chaque chose, la table ronde où elle avait déjeuné avec son mari, le lit drapé de cotonnade rouge, au bord duquel il l'avait abattue d'un coup de poing. C'était bien là, rien n'avait été changé dans la chambre, depuis dix mois qu'elle n'y était venue.

Lentement, Séverine ôta son chapeau. Tout de suite, sans se dévêtir davantage, l'idée lui vint d'allumer du feu. Lorsque le poêle ronfla, elle s'ingénia à d'autres préparatifs, chercha des draps blancs et refit complètement le lit. À quoi Jacques s'amusait-il donc, pour s'attarder ainsi ? Dix minutes encore se passèrent. Un léger grattement l'inquiéta. Puis, elle comprit, elle courut ouvrir. C'était lui, avec une bouteille de malaga et un gâteau.

D'un mouvement emporté de caresse, elle se pendit à son cou. Tout de suite, ils s'assirent côte à côte, presque sur la même chaise, et le gâteau fut partagé, mangé avec une gaminerie d'amoureux. Elle se plaignait d'avoir soif, elle but coup sur coup deux verres de malaga, ce qui acheva de faire monter le sang à ses joues. Il n'y eut plus, au-dehors, sous la fenêtre, dans l'étouffement de la neige, qu'un roulement sourd, le départ d'un train, qui semblait pleurer à faibles coups de sifflet.

– Un train d'Auteuil, murmura-t-il. Minuit moins dix. Au dodo, chérie, veux-tu ?

Elle ne répondit pas, revivant malgré elle les heures qu'elle avait vécues là, avec son mari. Les souvenirs la débordaient, jamais encore elle n'avait éprouvé un si cuisant besoin de tout dire à son amant, de se livrer toute. Elle en avait comme le désir physique, qu'elle ne distinguait plus de son désir sensuel ; et il lui semblait qu'elle lui appartiendrait davantage, si elle se confessait à son oreille. Comme cela serait bon, de ne plus rien cacher, de se fondre en lui tout entière ! Muette, elle se leva, se dévêtit rapidement, se coula sous la couverture.

– Tu ne sais pas, chéri…

Jacques entendait bien ce qu'elle allait dire. Jusque-là, il l'avait fait taire, craignant le frisson précurseur de son mal de jadis, tremblant que cela ne changeât leur existence, de causer de sang entre eux. Mais, cette fois, il était sans force. Il crut que c'était fait, qu'elle dirait tout. Aussi fut-il soulagé de son attente anxieuse, lorsqu'elle parut se troubler, hésiter, puis reculer et dire :

– Tu ne sais pas, chéri, mon mari se doute que je couche avec toi.

À la dernière seconde, sans qu'elle l'eût voulu, c'était le souvenir de la nuit d'auparavant, au Havre, qui sortait de ses lèvres, au lieu de l'aveu.

– Oh ! je le hais, je le hais ! Maintenant, rien qu'à le sentir à côté de moi, c'est un supplice. Ah ! si je pouvais, comme je me sauverais, comme je resterais avec toi ! C'est que tu ne sais pas, chéri…

C'était l'aveu qui revenait, fatal, inévitable. Et, cette fois, rien au monde ne le retarderait. Alors, il parla lui aussi, irrésistiblement.

– Si, je sais. Je sais qu'il a fait ça pour l'héritage.

Elle eut un mouvement, un petit rire nerveux.

Et tout bas, elle conta son enfance chez le président Grandmorin, voulut mentir, ne pas confesser ses rapports avec celui-ci, puis céda à la nécessité de la franchise, trouva un soulagement, un plaisir presque, en disant tout. Son murmure léger, dès lors, coula, intarissable.

– Oui, nous l'avons tué. Il m'a fait écrire au président de partir par l'express, en même temps que nous, et de ne se montrer qu'à Rouen... Moi, je tremblais dans mon coin, éperdue en songeant au malheur où nous allions. Et il y avait, en face de moi, une femme en noir qui ne disait rien et qui me faisait grand-peur. Je m'imaginais qu'elle lisait clairement dans nos crânes, qu'elle savait très bien ce que nous voulions faire... C'est ainsi que se sont passées les deux heures, de Paris à Rouen. Je n'ai pas dit un mot, je n'ai pas remué, fermant les yeux, pour faire croire que je dormais.

– Mais, puisque vous n'étiez pas dans le même compartiment, comment avez-vous fait pour le tuer ?

– C'était le plan de mon mari. À Rouen, il y avait dix minutes d'arrêt. Nous sommes descendus, il m'a forcée de marcher jusqu'au coupé du président, d'un air de gens qui se dégourdissent les jambes. Et là, il a affecté la surprise, en le voyant à la portière. Sur le quai, on se bousculait, un flot de monde prenait d'assaut les seconde classe. Lorsqu'on a commencé à refermer les portières, c'est le président lui-même qui nous a demandé de monter avec lui. Moi, j'ai balbutié, j'ai parlé de notre valise ; un instant, mon mari parut vouloir courir la chercher. À cette minute, le conducteur sifflait, et il se décida, me poussa dans le coupé, monta, referma la portière et la glace. Comment ne nous a-t-on pas vus ? c'est ce que je ne puis m'expliquer encore. Beaucoup de gens couraient, les employés perdaient la tête, enfin il ne s'est pas trouvé un témoin ayant vu clair.

– Dis-moi, l'as-tu donc aidé à tuer le vieux?

– J'étais dans un coin, continua-t-elle sans répondre. Mon mari me séparait du président, qui occupait l'autre coin. Ils causaient ensemble des élections prochaines... Nous étions à Maromme, déjà à deux lieues et demie de Rouen. En traversant Malaunay, tout d'un coup je compris: la chose se ferait dans le tunnel, à un kilomètre de là... Je me tournai vers mon mari, nos yeux se rencontrèrent: oui, dans le tunnel, encore deux minutes... Et, lorsque le train s'y engouffra, oh! quel retentissement sous cette voûte basse!

Elle grelottait, elle s'interrompit pour dire d'une voix changée, presque rieuse:

– Est-ce bête, hein? chéri, d'en avoir encore froid dans les os. J'ai pourtant bien chaud, là, avec toi, et je suis si contente!...

Et elle reprit:

– Sous le tunnel, le train courait... Et mon mari, à ce dernier moment, devait avoir une défaillance. Pourquoi donc ne le tuait-il pas, puisqu'il le fallait? Et, tout d'un coup, il se rua, saisit aux épaules le président. Celui-ci, effaré, se dégagea d'une secousse instinctive. Sa bouche ouverte de stupeur et d'épouvante lâchait des cris confus, étouffés dans le vacarme; tandis que j'entendais distinctement mon mari répéter le mot: «Cochon! cochon! cochon!» d'une voix sifflante. Mais le bruit tomba, le train sortait du tunnel... Moi, j'étais restée dans mon coin, le plus loin possible. Combien la lutte dura-telle ? Mon mari, qui tenait son couteau ouvert, ne pouvait frapper, repoussé à coups de pied. C'est alors que je me suis jetée sur les jambes de l'homme qui se débattait. Oui, je me suis laissée tomber ainsi qu'un paquet, lui écrasant les jambes de tout mon poids. Et je n'ai rien vu, mais j'ai tout senti : le choc du couteau dans la gorge, la longue secousse du corps, la mort qui est venue en trois hoquets...

Jacques, avide, voulut l'interrompre pour la questionner. Mais, à présent, elle avait hâte de finir.

– Comme je me relevais, nous passions à toute vapeur devant la Croix-de-Maufras. Le corps était plié sur la banquette, le sang coulait en mare épaisse. Et mon mari, debout, hébété, regardait... Mais il avait remis le couteau dans sa poche, il semblait s'éveiller. Je l'ai vu qui fouillait le corps, prenait la montre, l'argent, tout ce qu'il trouvait ; et, ayant ouvert la portière, il s'efforça de le pousser sur la voie. Enfin, le cadavre bascula, disparut dans le grondement des roues. La portière battait toujours, grande ouverte, et je ne compris pas d'abord, anéantie, affolée, lorsque je vis mon mari disparaître à son tour. Il revint. « Viens donc, nom de Dieu ! notre compartiment est vide, nous y retournons. » Vide, notre compartiment, il y était donc allé ? La femme en noir, était-il bien certain qu'elle ne fût pas restée dans un coin ?... « Veux-tu venir, ou je te fous sur la voie comme l'autre ! » Il me poussait, brutal, fou. Et je me trouvai dehors, sur le marchepied, les deux mains cramponnées à la tringle de cuivre. Lui, descendu derrière moi, avait refermé soigneusement la portière. « Va donc, va donc ! » Il me poussait toujours, je dus marcher, lâchant une main après l'autre, me collant contre les voitures, au milieu du tourbillon de mes jupes, dont le claquement me liait les jambes. Déjà, on apercevait les lumières de la station de Barentin. La machine se mit à siffler. À l'extrémité du wagon, lorsqu'il me fallut enjamber pour atteindre le marchepied du wagon suivant et saisir l'autre tringle, je m'arrêtai, à bout de courage. Jamais je n'aurais la force. « Va donc, nom de Dieu ! » Il était sur moi, il me poussait, et je fermai les yeux, et je ne sais comment je continuai à avancer, par la seule force de l'instinct. Comment ne nous a-t-on pas vus ? Nous avons passé devant trois voitures, dont une, de deuxième classe, était absolument bondée. Je me souviens des têtes rangées à la file, sous la clarté de la lampe. Et je ne sais plus, ma dernière sensation a été d'être traînée, charriée, enlevée par les cheveux. Mon mari a dû m'empoigner, ouvrir la portière par-dessus mes épaules, me jeter au fond du compartiment. Haletante, j'étais à demi évanouie dans un coin, lorsque nous nous sommes arrêtés ; et je l'ai entendu qui échangeait quelques mots avec le chef de gare de Barentin. Puis, le train reparti, il est tombé sur la banquette, épuisé lui-même. Jusqu'au Havre, nous n'avons pas rouvert la bouche... Oh ! je le hais, je le hais ! et toi, je t'aime, mon chéri, toi qui me donnes tant de bonheur !

Chez Séverine, après la montée ardente de ce long récit, ce cri était comme l'épanouissement même de son besoin de joie, dans l'exécration de ses souvenirs. Mais Jacques, qu'elle avait bouleversé et qui brûlait comme elle, la retint encore.

– Non, non, attends... Et tu étais aplatie sur ses jambes, et tu l'as senti mourir ?

En lui, l'inconnu se réveillait, une onde farouche montait des entrailles, envahissait la tête d'une vision rouge. Il était repris de la curiosité du meurtre.

– Je t'en prie, dis-moi tout... Si tu savais... Dis-moi ce qu'on éprouve.

– Mon Dieu ! est-ce qu'on peut dire ça ?... C'est affreux, ça vous emporte, oh ! si loin, si loin ! J'ai plus vécu dans cette minute-là que dans toute ma vie passée.

Les dents serrées, n'ayant plus qu'un bégaiement, Jacques cette fois l'avait prise. Ils se possédèrent, retrouvant l'amour au fond de la mort. Jacques, qui avait gardé Séverine dans ses bras, la sentit tout de suite qui cédait à un sommeil invincible, comme foudroyée. Le coucou venait de sonner trois heures.

Lui, ne pouvait fermer les yeux, qu'une main invisible, obstinément, semblait rouvrir dans les ténèbres. Malgré sa fatigue écrasante, une activité cérébrale prodigieuse le tenait vibrant, dévidant sans cesse le même écheveau d'idées. Et ce qui se déroulait ainsi, avec une régularité mécanique, c'était le meurtre, détail à détail. Oh ! goûter cette minute où l'on vit davantage que dans toute une existence !

Quatre heures, cinq heures, six heures. Il aspirait après le jour, il espérait que l'aube chasserait ce cauchemar. Enfin, la chambre s'éclaira, de cette lumière confuse où les meubles semblaient flotter. Tout de suite, avant même qu'il fît assez clair, il avait plutôt deviné qu'aperçu, sur la table, le couteau dont il s'était servi, le soir, pour couper le gâteau. Il ne voyait plus que ce couteau, un petit couteau à bout pointu. Et la terreur de ses mains les lui fit enfoncer davantage sous son corps, car il les sentait bien qui s'agitaient, révoltées, plus fortes que son vouloir. Est-ce qu'elles allaient cesser de lui appartenir ? Des mains qui lui viendraient d'un autre, des mains léguées par quelque ancêtre, au temps où l'homme, dans les bois, étranglait les bêtes !

Pour ne plus voir le couteau, Jacques se tourna vers Séverine. Tout se brouilla, ses mains révoltées se dénouèrent, s'échappèrent. Et il comprit si bien qu'elles allaient brutalement se satisfaire, qu'il mit ses dernières forces à se jeter hors du lit, roulant par terre ainsi qu'un homme ivre. Il chancelait, cherchait ses vêtements d'un geste égaré, avec la pensée unique de s'habiller vite, de prendre le couteau et de descendre tuer une autre femme, dans la rue.

Il était huit heures, lorsque Jacques se trouva sur le trottoir de la rue d'Amsterdam. Il descendit vers la place du Havre, en serrant le couteau, dont la pointe relevée disparaissait sous sa manche. Depuis qu'il avait quitté la chambre, avec ce couteau, ce n'était plus lui qui agissait, mais l'autre, celui qu'il avait senti si fréquemment s'agiter au fond de son être, cet inconnu venu de très loin, brûlé de la soif héréditaire du meurtre. Brusquement, il fit un crochet, en se mettant à la poursuite d'une femme, qui marchait en sens inverse. Cela sans raison, sans volonté, parce qu'elle passait à cette minute, et que c'était ainsi.

Celle-ci, très vive, marchait d'un petit pas sonore ; et elle était adorablement jolie. Elle ne remarqua même pas qu'un homme la suivait ; elle devait être pressée, car elle gravit lestement le perron de la cour du Havre, pour se précipiter vers les guichets de la ligne de ceinture. Et, comme elle demandait un billet de première classe pour Auteuil, Jacques en prit également un, l'accompagna à travers les salles d'attente jusque dans le compartiment, où il s'installa à côté d'elle. Le train, tout de suite, partit.

Mais, en face d'eux, une vieille dame, la seule personne qui fût montée, venait de reconnaître la jeune femme.

– Bébé va bien ?

– La petite, oh ! un vrai charme… Il faut la voir manger sa soupe…

– Alors, je vois que vous êtes heureuse.

– Heureuse, ah ! si je pouvais dire ! C'est un rêve que je fais…

Elle débordait d'une telle félicité, que, cédant à son besoin d'expansion, elle se tourna vers Jacques, vers cet inconnu, pour lui sourire. Dans ce mouvement, le cou apparut, vermeil, avec une fossette légère, que l'ombre dorait. Les doigts de Jacques s'étaient raidis sur le manche du couteau.

Mais, à la station du Trocadéro, un employé monta, qui, le connaissant, se mit à lui parler du service. Et, à partir de ce moment, tout se brouilla, il ne put jamais, plus tard, rétablir les faits, exactement.

Les rires avaient continué, un rayonnement de bonheur tel, qu'il en était comme pénétré et assoupi. Peut-être était-il allé jusqu'à Auteuil, avec les deux femmes ; seulement, il ne se rappelait pas qu'elles y fussent descendues. Lui-même avait fini par se trouver au bord de la Seine, sans s'expliquer comment. Ce dont il gardait la sensation très nette, c'était d'avoir jeté, du haut de la berge, le couteau. Puis il ne savait plus, hébété, absent de son être, d'où l'autre s'en était allé aussi, avec le couteau. Il devait avoir marché pendant des heures, par les rues et les places. Des gens, des maisons, défilaient, très pâles ·Et tout sombrait ensuite à un gouffre noir, à un néant, où il n'y avait plus ni temps ni espace, où il gisait inerte, depuis des siècles peut-être.

Jusqu'à midi, Séverine avait dormi profondément. Ensuite, réveillée, surprise de ne pas le voir là encore, elle avait rallumé le poêle ; et elle s'était décidée, vers deux heures, à descendre manger dans un restaurant du voisinage. Lorsque Jacques parut, elle venait de remonter, après avoir fait quelques courses.

– Oh ! mon chéri, que j'étais inquiète !

Lui, épuisé, la chair froide, la rassurait tranquillement, sans un trouble.

Alors, baissant la voix, elle se fit humble, câline.

– Figure-toi que je m'imaginais... Oui, je me disais que peut-être, après ce que je t'avais avoué, tu n'allais plus vouloir de moi...

Les larmes la gagnaient, elle éclata en sanglots.

Jacques était envahi par cet attendrissement. Une détente invincible l'amollissait peu à peu. Il bégaya :

– Non, non, je t'aime, n'aie pas peur.

Et, débordé, il pleura aussi, sous la fatalité de ce mal abominable qui venait de le reprendre, dont jamais il ne guérirait. C'était une honte, un désespoir sans bornes.

– Aime-moi, aime-moi bien aussi, oh! de toute ta force, car j'en ai autant besoin que toi!

Tous deux s'étreignirent, confondirent l'affreuse mélancolie de leur peine. C'était une infinie souffrance, sans oubli possible, sans pardon. Ils pleuraient, et ils sentaient sur eux les forces aveugles de la vie, faite de lutte et de mort.

– Allons, dit Jacques, en se dégageant, il est l'heure de songer au départ... Ce soir, tu seras au Havre.

Séverine, sombre, les regards perdus, murmura, après un silence:

– Encore, si j'étais libre, si mon mari n'était plus là!...

Il eut un geste violent, il pensa tout haut.

– Nous ne pouvons pourtant pas le tuer.

Fixement, elle le regarda, et lui tressaillit, étonné d'avoir dit cette chose, à laquelle il n'avait jamais songé.

IX

Au Havre, dès les jours suivants, Jacques et Séverine se montrèrent d'une grande prudence, pris d'inquiétude.

Roubaud, de plus en plus, s'absentait. Peut-être ne disparaissait-il ainsi que pour revenir à l'improviste et les trouver aux bras l'un de l'autre. Mais cette crainte ne se réalisait pas. Au contraire, ses absences se prolongeaient à un tel point, qu'il n'était plus jamais là. À peine prenait-il quelques heures de sommeil. Longtemps, dans ce désarroi, il avait gardé une ponctualité d'employé modèle, toujours présent à la minute exacte, si éreinté parfois, qu'il ne tenait pas sur ses jambes, mais debout pourtant, consciencieux à sa besogne. Puis, maintenant, des trous se produisaient. Deux fois déjà, l'autre sous-chef, Moulin, avait dû l'attendre une heure. Et tout le service de Roubaud commençait ainsi à se ressentir de cette désorganisation lente. Ses collègues, simplement, s'égayaient, en contant qu'il faisait la noce.

La vérité était que Roubaud, à présent, vivait au premier étage du café du Commerce, dans la petite salle écartée, devenue peu à peu un tripot. Le sous-chef ne satisfaisait là que la morne passion du jeu. Elle le tenait désormais tout entier, comme l'assouvissement unique, où il se contentait. Quand il rentrait, il n'apportait plus, chez lui, sur toutes choses, qu'une souveraine indifférence.

La nuit où Roubaud était revenu prendre les trois cents francs d'or, sous le parquet, il voulait payer M. Cauche, le commissaire de surveillance, à la suite de plusieurs pertes successives.

Trois semaines plus tard, Roubaud dut encore près de quatre cents francs à M. Cauche. Puis, un matin qu'il était seul, harcelé, il souleva de nouveau la frise et prit dans la cachette un billet de mille francs. Un malaise lui hérissait la chair, lorsqu'il songeait à cet argent sacré, auquel il s'était promis de ne toucher jamais.

Des semaines s'écoulèrent, et cet argent que Roubaud avait dans les mains, achevait d'enfiévrer sa passion. Ce n'était pas qu'il jouât gros jeu, mais une déveine le poursuivait, si constante, si noire, que les petites pertes de chaque jour, additionnées, arrivaient à se chiffrer par de grosses sommes. Vers la fin du mois, il se retrouva sans un sou, devant déjà sur parole quelques louis, malade de ne plus oser toucher une carte. L'idée des neuf billets qui dormaient là, sous le parquet de la salle à manger, tournait chez lui à une obsession de chaque minute. Et, un soir, comme Séverine s'était endormie de bonne heure, il souleva la frise, cédant avec rage. À quoi bon résister ainsi ? ce ne serait que de la souffrance inutile, car il comprenait qu'il les prendrait maintenant jusqu'au dernier, un à un.

Le lendemain matin, Séverine remarqua, par hasard, une écorchure toute fraîche, à une arête de la frise. Elle se baissa. Évidemment, son mari continuait à prendre de l'argent. Jusqu'au dîner, elle fut tourmentée du besoin d'une certitude, et elle aurait à son tour déplacé la frise, pour voir, si elle n'avait senti un petit souffle froid dans ses cheveux, à la pensée de fouiller là toute seule.

Le soir, comme tous deux mangeaient en silence un reste de ragoût, une nouvelle irritation la souleva, en le voyant jeter des coups d'œil involontaires dans l'angle du parquet.

– Tu en as repris, hein ? demanda-t-elle brusquement.

Il leva la tête, étonné.

– De quoi donc ?

– Oh ! ne fais pas l'innocent… Ose me dire que tu n'y as pas touché.

– Qu'est-ce que ça te fiche ?

Elle eut un geste violent, qu'elle réprima. Puis, bouleversée, avec un visage de souffrance et de dégoût :

– Ah ! tiens ! je ne te comprends pas… Tu étais un honnête homme pourtant. Oui, tu n'aurais jamais pris un sou à personne… Et ce que tu as fait, ça pourrait se pardonner, car tu étais fou, comme tu m'avais rendue folle moi-même… Mais cet argent, ah ! cet argent abominable, qui ne devait plus exister pour toi, et que tu voles sou à sou, pour ton plaisir… Comment peux-tu être descendu si bas ?

Il l'écoutait, et, dans une minute de lucidité, il s'étonna aussi d'en être arrivé au vol. Il ne pouvait renouer ce que le meurtre avait tranché autour de lui, il ne s'expliquait plus comment une autre existence, presque un nouvel être, avait commencé, avec son ménage détruit, sa femme écartée et hostile.

– Quand on s'embête chez soi, grogna-t-il, on va se distraire dehors. Puisque tu ne m'aimes plus...

– Oh ! non, je ne t'aime plus.

Il la regarda, donna un coup de poing sur la table, la face envahie d'un flot de sang.

– Alors, fous-moi la paix ! Est-ce que je t'empêche de t'amuser ? Il y a bien des choses qu'un honnête homme ferait à ma place, et que je ne fais pas.

Elle était devenue toute pâle, car elle aussi avait souvent pensé que, lorsqu'un homme, un jaloux, est ravagé par un mal intérieur, au point de tolérer un amant à sa femme, il y a là l'indice d'une gangrène morale, à marche envahissante, tuant les autres scrupules, désorganisant la conscience entière.

Séverine, ce soir-là, devait se rencontrer avec Jacques. Lorsqu'elle revint, après minuit, elle s'enferma à double tour dans sa chambre. Roubaud était de service de nuit, elle ne craignait même pas qu'il rentrât se coucher, ainsi que cela arrivait rarement. Une pensée lui venait : se lever, fouiller sous le parquet, pour que lui n'eût plus rien. Et elle sauta brusquement du lit, car elle ne pouvait faire autrement.

Dès lors, Séverine ne trembla plus. Ses terreurs s'en étaient allées, elle procéda froidement, avec des gestes lents et précis de somnambule. Elle dut chercher le tisonnier, qui servait à soulever la frise. Quand le trou fut découvert, elle approcha la lampe. Mais une stupeur la cloua, penchée, immobile : le trou était vide. Évidemment, pendant qu'elle courait à son rendez-vous, Roubaud était remonté, travaillé, avant elle, de la même envie : prendre tout, garder tout ; et, d'un coup, il avait empoché les billets, pas un ne restait. Elle s'agenouilla, elle n'apercevait, au fond, que la montre et la chaîne, dont l'or luisait dans la poussière. Une rage froide la tint là un instant, raidie, demi-nue, répétant tout haut, à vingt reprises :

– Voleur ! voleur ! voleur !

Puis, d'un mouvement furieux, elle empoigna la montre. À coups de talon, elle replaça la frise, et elle revint se coucher, posant la lampe sur la table de nuit. Elle glissa la montre à son chevet, éteignit la lampe et s'endormit.

Le lendemain, Jacques, qui avait un congé, devait attendre que Roubaud fût parti s'installer au café du Commerce, selon son habitude, et monter alors déjeuner avec elle. Et, ce jour-là, en mangeant, elle lui parla de l'argent, lui conta comment elle avait trouvé la cachette vide. Puis, elle apporta la montre, elle voulut absolument la donner à Jacques, malgré la répugnance qu'il montrait.

– Comprends donc, mon chéri, personne n'ira la chercher chez toi. Si je la garde, il me la prendra encore. Je n'en voulais pas, de cet argent. Il me faisait horreur, jamais je n'en aurais dépensé un sou. Mais est-ce qu'il avait le droit d'en profiter, lui ? Oh ! je le hais !

Elle pleurait, elle insistait, avec de telles supplications, que le jeune homme finit par mettre la montre dans la poche de son gilet.

Une heure se passa, et Jacques avait gardé Séverine sur ses genoux, lorsque Roubaud entra. D'un saut brusque, elle fut debout. Mais c'était le flagrant délit, inutile de nier. Le mari s'était arrêté net, tandis que l'amant restait assis, stupéfié.

Une seconde, Roubaud hésita. Puis, avec le haussement d'épaules dont il écartait tout maintenant, il entra dans la chambre, prit un calepin de service, qu'il y avait oublié. Sans une parole, il traversa la salle à manger. Et il partit, la porte ne claqua même pas.

Dès ce jour, Séverine et Jacques eurent liberté entière. Mais, à présent que le mari ne les inquiétait plus, leur grand souci fut l'espionnage de Mme Lebleu. Certainement, elle se doutait de quelque chose. Jacques avait beau étouffer le bruit de ses pas, à chacune de ses visites, il voyait la porte d'en face s'entrebâiller imperceptiblement, tandis que, par la fente, un œil le dévisageait. Ce fut alors que Séverine, exaspérée devant ce nouvel obstacle à sa passion, reprit contre les Lebleu son ancienne campagne pour avoir leur logement.

La bataille fut terrible. Mais la grande faute de Mme Lebleu, celle qui devait entraîner sa défaite, était toujours d'irriter Mlle Guichon, la buraliste, par son espionnage entêté : c'était une manie, l'idée fixe que celle-ci allait chaque nuit retrouver le chef de gare. Aussi Mlle Guichon, furieuse de ne pouvoir rentrer ni sortir sans être épiée, poussait-elle maintenant à ce qu'on la reléguât sur la cour. Il devenait évident que M. Dabadie prenait parti contre les Lebleu chaque jour davantage ; ce qui était un signe grave.

Des querelles encore compliquèrent la situation. Philomène, qui apportait maintenant ses œufs frais à Séverine, se montrait très insolente, chaque fois qu'elle rencontrait Mme Lebleu. Cette intimité de Séverine et de Philomène en étant venue à des confidences, la dernière avait fini par faire les commissions de Jacques près de sa maîtresse, lorsqu'il n'osait monter lui-même. Elle arrivait avec ses œufs, changeait les rendez-vous, disait pourquoi il avait dû être prudent la veille, racontait l'heure qu'il était resté chez elle, à causer. Jacques parfois, lorsqu'un obstacle l'arrêtait, s'oubliait volontiers ainsi dans la petite maison de Sauvagnat, le chef du dépôt. Il y suivait son chauffeur Pecqueux. Même, quand le chauffeur disparaissait, en bordée dans les cabarets de matelots, il entrait chez Philomène, la chargeait d'un mot à dire, s'asseyait, ne partait plus. Et elle, peu à peu, mêlée à cet amour, s'attendrissait, car elle n'avait connu, jusque-là, que des amants brutaux. Les façons polies de ce garçon si triste, qui avait l'air très doux, lui semblaient des friandises auxquelles elle n'avait pas mordu encore. Avec Pecqueux, c'était maintenant le ménage, des saouleries, plus de rudesses que de caresses; tandis que, lorsqu'elle portait une parole gentille du mécanicien à la femme du sous-chef, elle en goûtait, pour elle-même, le goût délicat de fruit défendu. Aussi Philomène montrait-elle une amitié de plus en plus vive pour Séverine, s'emportant contre Mme Lebleu, qu'elle traitait partout de vieille gueuse.

Jacques, chaque jour, s'assombrissait davantage. À deux reprises, pouvant voir Séverine, il avait inventé des prétextes ; et, s'il s'attardait parfois chez les Sauvagnat, c'était également pour l'éviter. Il l'aimait pourtant toujours, d'un désir exaspéré qui n'avait fait que s'accroître. Mais, dans ses bras, maintenant, l'affreux mal le reprenait, un tel vertige, qu'il s'en dégageait vite, glacé, terrifié de n'être plus lui, de sentir la bête prête à mordre. Il avait tâché de se rejeter dans la fatigue des longs parcours. Il n'était heureux que lorsque la Lison l'emportait, ne pensant plus. Il avait également essayé de se reprendre de tendresse pour la Lison, passant de nouveau des heures à la nettoyer, exigeant de Pecqueux des aciers luisant comme de l'argent. Les inspecteurs, qui, en route, montaient près de lui, le félicitaient. Il hochait la tête, restait mécontent ; car, lui, savait bien que sa machine, depuis l'arrêt dans la neige, n'était plus la bien portante, la vaillante d'autrefois. Sans doute, dans la réparation des pistons et des tiroirs, elle avait perdu de son âme, ce mystérieux équilibre de vie, dû au hasard du montage. Sa tendresse s'en décourageait : à quoi bon aimer, puisqu'il tuerait tout ce qu'il aimerait ?

Séverine l'avait bien senti changer, et elle se désolait, croyant qu'il s'attristait à cause d'elle, depuis qu'il savait. Très douce toujours, très passive, elle aurait voulu des sommeils de chatte sur ses genoux, du matin au soir. De l'affreux drame, elle avait simplement gardé l'étonnement d'y avoir été mêlée ; elle n'aurait pas même eu de colère contre son mari, s'il ne l'avait pas gênée. Mais son exécration pour cet homme augmentait, à mesure que grandissait sa passion, son besoin de l'autre.

L'hiver finissait, le mois de février était très doux. À Paris, où elle le suivait toujours, chaque vendredi, il fermait soigneusement les rideaux; et, jusqu'au soir, ils s'appartenaient, ils étaient libres. Au retour, il faisait nuit, elle fermait les yeux, revivait son bonheur. Mais, le matin comme le soir, chaque fois qu'elle passait à la Croix-de-Maufras, elle avançait la tête, jetait un coup d'œil prudent, sans se montrer, certaine de trouver là, devant la barrière, Flore debout, présentant le drapeau dans sa gaine, enveloppant le train de son regard de flamme.

Depuis que cette fille, le jour de la neige, les avait vus s'embrasser, Jacques avait averti Séverine de se méfier d'elle. Il n'ignorait plus de quelle passion d'enfant sauvage elle le poursuivait. Du plus loin qu'elle apercevait la machine, il avait sur lui la sensation de ses yeux ardents. Elle le voyait malgré la fumée, le prenait tout entier, l'accompagnait dans l'éclair de la vitesse, au milieu du tonnerre des roues. Et le train, en même temps, était sondé, transpercé, visité, de la première à la dernière voiture. Toujours, elle découvrait l'autre, la rivale, que maintenant elle savait là, chaque vendredi. L'autre avait beau n'avancer qu'un peu la tête, par un besoin impérieux de voir: elle était vue, leurs regards à toutes deux se croisaient comme des épées. Déjà le train fuyait, dévorant, et il y en avait une qui restait par terre, impuissante à le suivre, dans la rage de ce bonheur qu'il emportait.

Un employé aussi, Henri Dauvergne, le conducteur-chef, gênait Séverine et Jacques. Il avait la conduite de ce train du vendredi, et il se montrait d'une amabilité importune pour la jeune femme. S'étant aperçu de sa liaison avec le mécanicien, il se disait que son tour viendrait peut-être. Au départ du Havre, les matins qu'il était de service, Roubaud en ricanait, tellement les attentions d'Henri devenaient claires. Un jour même, le mari, qui continuait tranquillement de parler à Jacques, lui avait montré, d'un clignement d'yeux, le manège du jeune homme, comme pour lui demander s'il tolérait ça.

Mais les voyages à Paris ne suffisaient plus à Séverine. C'était, en elle, un besoin grandissant d'avoir Jacques à elle, tout à elle, de vivre ensemble, les jours, les nuits, sans jamais plus se quitter Son exécration pour son mari s'aggravait. Elle devenait farouche, elle l'accusait d'avoir gâté son existence, à ce point que la vie était désormais impossible, côte à côte. N'était-ce pas lui qui avait tout fait ? si plus rien n'existait de leur ménage, si elle avait un amant, n'était-ce pas sa faute ? La tranquillité pesante où elle le voyait, le coup d'œil indifférent dont il accueillait ses colères, son dos rond, son ventre élargi, toute cette graisse morne qui ressemblait à du bonheur, achevaient de l'exaspérer. Pendant huit jours, elle caressa un projet de fuite : elle partait avec Jacques, ils se cachaient en Belgique, ils s'y installaient en jeune ménage laborieux. Mais elle ne lui en parla même pas, tout de suite des empêchements s'étaient produits, surtout l'ennui de laisser à son mari sa fortune, l'argent, la Croix-de-Maufras. Par une donation au dernier vivant, ils s'étaient tout légué ; et elle se trouvait en sa puissance, dans cette tutelle légale de la femme, qui liait ses mains. Mais plutôt que de partir en abandonnant un sou, elle aurait préféré mourir là. Un jour qu'il remonta, livide, dire qu'en traversant devant une locomotive, il avait senti le tampon lui effleurer le coude, elle songea que, s'il était mort, elle serait libre.

Dès lors, le rêve de Séverine changea : Roubaud était mort d'accident, et elle partait avec Jacques pour l'Amérique. Ils étaient mariés, ils avaient vendu la Croix-de-Maufras, réalisé toute la fortune. Puisqu'elle s'était trompée, elle reprendrait au commencement l'expérience du bonheur. Lui, trouverait bien une occupation ; elle-même entreprendrait quelque chose ; ce serait la fortune, des enfants sans doute, une existence nouvelle de travail et de félicité.

Un soir du milieu de mars, le jeune homme, s'étant risqué à monter la voir chez elle, lui conta qu'il venait d'amener de Paris, dans son train, un de ses anciens camarades d'école, qui partait pour New York, exploiter une invention nouvelle, une machine à fabriquer des boutons ; et, comme il lui fallait un associé, un mécanicien, il lui avait même offert de le prendre avec lui. Oh ! une affaire superbe, qui ne nécessiterait guère qu'un apport d'une trentaine de mille francs, et où il y avait peut-être des millions à gagner.

Séverine l'écoutait, debout, les regards perdus. N'était-ce pas son rêve qui allait se réaliser ?

– Ah ! murmura-t-elle enfin, nous partirions demain… Les trente mille francs, je les aurais en vendant la propriété ; et j'aurais encore de quoi nous installer… Ah ! s'il était mort !

– Tu ne veux pourtant pas que je le tue ? demanda-t-il, en essayant de sourire.

À trois reprises, elle dit non ; mais ses yeux disaient oui. Puisqu'il en avait tué un autre, pourquoi ne l'aurait-on pas tué ? Le tuer et s'en aller, rien de si simple.

Lui, adossé au buffet, affectait toujours de sourire. Il venait d'apercevoir le couteau qui traînait là.

– Si tu veux que je le tue, il faut que tu me donnes le couteau… J'ai déjà la montre, ça me fera un petit musée.

Il riait plus fort. Elle répondit gravement :

– Prends le couteau.

Et, lorsqu'il l'eut mis dans sa poche, comme pour pousser la plaisanterie jusqu'au bout, il l'embrassa :

– Eh bien ! maintenant, bonsoir… Je vais tout de suite voir mon ami, je lui dirai d'attendre… Samedi, s'il ne pleut pas, viens donc me rejoindre derrière la maison des Sauvagnat. Et sois tranquille, nous ne tuerons personne, c'est pour rire.

Cependant, malgré l'heure tardive, Jacques descendit vers le port, pour trouver, à l'hôtel où il devait coucher, le camarade qui partait le lendemain. Il lui parla d'un héritage possible, demanda quinze jours, avant de lui donner une réponse définitive. Puis, en revenant vers la gare, par les grandes avenues noires, il songea, s'étonna de sa démarche.

Malgré lui, son cerveau travaillait sur cette idée de meurtre, ce canevas d'un drame qu'il arrangeait, dont il calculait les plus lointaines conséquences. Roubaud n'était-il pas l'unique obstacle à son bonheur ? Lui mort, il épousait Séverine, qu'il adorait, il ne se cachait plus, la possédait à jamais, tout entière. Puis, il y avait l'argent, une fortune. Il quittait son dur métier, devenait patron à son tour, dans cette Amérique, dont il entendait les camarades causer comme d'un pays où les mécaniciens remuaient l'or à la pelle. Et, pour réaliser ce rêve, rien qu'un geste à faire, rien qu'un homme à supprimer, la bête, la plante qui gêne la marche, et qu'on écrase. Il n'était pas même intéressant, cet homme. Pourquoi l'épargner ? Aucune circonstance, absolument aucune ne plaidait en sa faveur.

Mais Jacques se retourna d'un bond, dans le sursaut d'une pensée, vague jusque-là, brusquement si aiguë, qu'il l'avait sentie comme une pointe, en son crâne. Lui, qui, dès l'enfance, voulait tuer, qui était ravagé jusqu'à la torture par l'horreur de cette idée fixe, pourquoi donc ne tuait-il pas Roubaud ? Peut-être, sur cette victime choisie, assouvirait-il à jamais son besoin de meurtre ; et, de la sorte, il ne ferait pas seulement une bonne affaire, il serait en outre guéri.

Tuer cet homme, mon Dieu ! en avait-il le droit ? En lui, l'homme civilisé se révoltait, la force acquise de l'éducation, le lent et indestructible échafaudage des idées transmises. On ne devait pas tuer ; son cerveau affiné, meublé de scrupules, repoussait le meurtre avec horreur, dès qu'il se mettait à le raisonner. Oui, tuer dans un besoin, dans un emportement de l'instinct ! Mais tuer en le voulant, par calcul et par intérêt, non, jamais, jamais il ne pourrait !

Les journées qui suivirent furent les plus douloureuses de son existence. Il évitait Séverine, il lui avait fait dire de ne pas se trouver au rendez-vous du samedi. Lorsqu'il la revit, le surlendemain, il avait la pâleur confuse, le regard furtif d'un lâche, qui recule devant un acte nécessaire. Elle éclata en sanglots, sans rien dire, pleurant à son cou ; et lui, bouleversé, débordait du mépris de lui-même. Il fallait en finir.

– Jeudi, là-bas, veux-tu ? demanda-t-elle.

– Oui, jeudi, je t'attendrai.

Ce jeudi-là, la nuit fut très noire, un ciel sans étoiles, opaque et sourd, chargé des brumes de la mer. Comme d'habitude, Jacques, arrivé le premier, debout derrière la maison des Sauvagnat, guetta la venue de Séverine.

Doucement, ils se promenèrent par les terrains vagues. Longtemps, ils allèrent ainsi, sans une parole. S'ils ne parlaient pas, c'était qu'ils s'entendaient penser, dans leur étreinte. Ils ne pensaient qu'à cela, ils ne pouvaient plus être ensemble, sans en être obsédés. Lorsqu'elle se haussait contre lui, pour une caresse, elle sentait le couteau, bossuant la poche du pantalon.

Ses pensées la débordaient, ses lèvres s'ouvrirent, d'un souffle à peine distinct.

– Tout à l'heure, il est remonté... Je l'ai vu prendre son revolver... C'est, à coup sûr, qu'il va faire une ronde.

Le silence retomba, et vingt pas plus loin seulement, il dit à son tour :

– Des maraudeurs, la nuit dernière, ont enlevé du plomb par ici… Il va venir, tu seras libre.

Le meurtre était décidé. Au coin d'un tas de charbon, ils s'étaient arrêtés, immobiles, les oreilles et les yeux aux aguets, dans une tension de tout leur être. Maintenant, ils chuchotaient.

– Le voici. Oui, seul, il est seul.

À ce moment décisif, elle se jeta éperdument à son cou, elle colla sa bouche ardente contre la sienne. Et ce baiser qui n'en finissait pas, c'était tout ce qu'elle pouvait lui souffler de son courage. Lorsqu'elle ôta sa bouche enfin, elle n'avait plus rien à elle, tout entière elle crut être passée en lui.

D'un geste prompt, il avait déjà ouvert le couteau. L'ombre mouvante venait de tourner à gauche et s'éloignait, du pas régulier d'un surveillant de nuit, que rien n'inquiète. Alors, elle le poussa.

– Va, va donc !

Et tous deux partirent, lui devant, elle dans ses talons, tous deux filèrent, se glissèrent derrière l'homme, en chasse, évitant le bruit.

À cette minute, par ces vastes terrains plats, noyés de ténèbres, au milieu de cette désolation nocturne d'une grande gare, il était résolu. Et, tout en hâtant furtivement le pas, il se donnait les arguments qui allaient faire de ce meurtre une action sage, légitime, logiquement débattue et décidée. C'était bien un droit qu'il exerçait, le droit même de vie, puisque ce sang d'un autre était indispensable à son existence même. Rien que ce couteau à enfoncer, et il avait conquis le bonheur.

De sa main nerveuse, brusquement elle l'empoigna au bras, l'immobilisa contre elle.

– Vois, il revient !

Roubaud, en effet, revenait. Jacques et Séverine ne bougeaient plus. Le hasard les avait plantés à l'angle même d'un tas de charbon.

Et Jacques regardait Roubaud venir droit à eux. Trente mètres à peine les séparaient, chaque pas diminuait la distance, régulièrement, rythmé comme par le balancier inexorable du destin. Encore vingt pas, encore dix pas. Les secondes lui semblaient interminables. Encore cinq pas. Sa résolution, tendue à se rompre, restait inébranlable. Il voulait tuer, il savait pourquoi il tuerait.

Mais, à deux pas, à un pas, ce fut une débâcle. Tout croula en lui, d'un coup. Non, non ! il ne tuerait point, il ne pouvait tuer ainsi cet homme sans défense. Le raisonnement ne ferait jamais le meurtre, il fallait l'instinct de mordre, le saut qui jette sur la proie, la faim ou la passion qui la déchire. Qu'importait si la conscience n'était faite que des idées transmises par une lente hérédité de justice ! Il ne se sentait pas le droit de tuer.

Roubaud, tranquillement, passa. Jacques eut un sanglot étouffé de rage et de honte.

– Je ne peux pas ! je ne peux pas !

Il voulut reprendre Séverine, s'appuyer à elle, dans un besoin d'être excusé, consolé. Sans dire une parole, elle s'échappa. Quand il se retrouva seul dans ces vastes terrains plats, un affreux désespoir le prit, il se hâta d'en sortir, d'aller abîmer sa tête au fond de son oreiller, pour y anéantir l'abomination de son existence.

Ce fut une dizaine de jours plus tard, vers la fin de mars, que les Roubaud triomphèrent enfin des Lebleu. L'administration avait reconnu juste leur demande, appuyée par M. Dabadie. Et, tout de suite, Mme Lebleu, exaspérée de sa défaite, parla de déménager. Pendant trois jours, ce déménagement mémorable enfiévra le couloir. Philomène surtout souffla la discorde, faisant les paquets, bousculant les meubles, envahissant le logement du devant, avant que la locataire l'eût quitté ; et ce fut elle qui l'en expulsa, au milieu de la débandade des deux mobiliers, mêlés, confondus, dans le transbordement. Elle en était arrivée à montrer, pour Jacques et pour tout ce qu'il aimait, un tel zèle, que Pecqueux, étonné, pris de soupçon, lui avait demandé de son mauvais air sournois, son air d'ivrogne vindicatif, si c'était à cette heure qu'elle couchait avec son mécanicien, en l'avertissant qu'il leur réglerait leur compte à tous les deux, le jour où il les surprendrait. Son coup de cœur pour le jeune homme en avait grandi, elle se faisait leur servante, à lui et à sa maîtresse, dans l'espoir de l'avoir aussi un peu à elle, en se mettant entre eux.

Alors, lentement, l'existence reprit son train monotone. Pendant que Mme Lebleu, sur le derrière, clouée par ses rhumatismes au fond de son fauteuil, se mourait d'ennui, avec de grosses larmes dans les yeux, Séverine s'étonnait de prendre si peu de plaisir à réaliser enfin ce rêve, être là, dans ce logement convoité, avoir devant soi de l'espace, du jour, du soleil. Roubaud, lui, avait simplement laissé faire. Et, plus gras chaque jour, sans un remords, il s'en allait de son pas alourdi, le dos indifférent.

Entre Jacques et Séverine, la gêne avait grandi, depuis qu'ils pouvaient se rencontrer à toute heure. Plus rien ne les empêchait d'être heureux, il la montait voir par l'autre escalier, quand il lui plaisait, sans crainte d'être espionné. Mais c'était l'irréalisé, l'acte voulu, consenti par eux deux, qu'il n'accomplissait pas et dont la pensée, désormais, mettait entre eux un malaise, un mur infranchissable.

Un soir, Jacques trouva Séverine en larmes ; et, lorsqu'elle l'aperçut, elle ne s'arrêta pas, elle sanglota plus fort, pendue à son cou. Il fut bouleversé, il finit par lui prendre la tête entre ses deux mains ; et, la regardant de tout près, au fond de ses yeux noyés, il jura :

– Pardonne-moi, attends encore… Je te le jure, bientôt, dès que je pourrai.

Tout de suite, elle avait collé sa bouche à la sienne, comme pour sceller ce serment.

X

Tante Phasie était morte, le jeudi soir, à neuf heures, dans une dernière convulsion; et, vainement, Misard, qui attendait près de son lit, avait essayé de lui fermer les paupières: les yeux obstinés restaient ouverts, comme pour regarder dans la chambre, tandis qu'un retrait des lèvres semblait les retrousser, d'un rire goguenard.

Tout de suite, Misard, pour se débarrasser de Flore, l'envoya déclarer le décès à Doinville. Elle ne pouvait pas être de retour avant onze heures, il avait deux heures devant lui. Une idée le fit s'agenouiller, afin de prendre sous le lit une terrine, où se trouvait un reste d'eau de son, préparée pour un lavement: depuis qu'elle se doutait du coup, ce n'était plus dans le sel, c'était dans ses lavements qu'il mettait de la mort-aux-rats; et, trop bête, ne se méfiant pas de ce côté-là, elle l'avait avalée tout de même, pour de bon cette fois-ci. Dès qu'il eut vidé la terrine dehors, il rentra, lava avec une éponge le carreau de la chambre, souillé de taches. Il en était fier, il en ricanait comme d'une bonne histoire, de la drogue avalée si innocemment par en bas, quand elle surveillait avec tant de soin tout ce qui entrait par en haut.

Cette chambre, où il n'avait point osé fouiller, tant qu'elle y avait vécu, il la parcourait du regard

Dans l'armoire, d'abord : il prit les clefs sous le traversin, bouleversa les planches chargées de linge, vida les deux tiroirs. Non, rien ! Ensuite, il songea à la table de nuit. Il en décolla le marbre, le retourna, inutilement. Derrière la glace de la cheminée, il glissa une règle plate, ne retira qu'un floconnement noir de poussière. Alors, pour échapper aux yeux grands ouverts qu'il sentait sur lui, il se mit à quatre pattes, tapant le carreau à légers coups de poing, écoutant si quelque résonance ne lui révélerait pas un vide. Lorsqu'il fut debout de nouveau, les yeux le reprirent, il se tourna, voulut planter son regard dans le regard fixe de la morte ; tandis que, du coin de ses lèvres retroussées, elle accentuait son terrible rire. Il n'en doutait plus, elle se moquait de lui. Cherche ! cherche ! La fièvre le gagnait, il s'approcha d'elle, envahi d'un soupçon, d'une idée sacrilège, qui pâlissait encore sa face blême. Et il osa la découvrir, la dévêtir, il la visita. Sous elle, derrière sa nuque, derrière ses reins, il chercha. Il ne trouva rien. Cherche ! cherche ! Et la tête, retombée sur l'oreiller en désordre, le regardait toujours de ses prunelles goguenardes.

Comme Misard, furieux et tremblant, tâchait d'arranger le lit, Flore rentra, de retour de Doinville. Elle eut un geste d'indifférence dédaigneuse.

– Laissez donc, vous ne les trouverez pas.

– Elle te les a donnés, tu sais où ils sont.

L'idée que sa mère avait pu donner ses mille francs à quelqu'un, même à elle, sa fille, lui fit hausser les épaules.

– Ah ! ouitche ! Donnés à la terre, oui !...

Et, d'un geste large, elle indiqua la maison entière, le jardin avec son puits, la ligne ferrée, toute la vaste campagne.

Un instant, Flore resta devant la fenêtre. Mais, lorsqu'elle entendit Misard quitter la chambre et s'acharner dans les pièces voisines, elle s'approcha du lit à son tour, elle s'assit, les regards sur sa mère.

La résolution de Flore était de rester la nuit là, et elle réfléchissait. D'abord, la vue de la morte la tira de son idée fixe, de la chose qui la hantait, qu'elle avait débattue sous les étoiles, dans la paix des ténèbres, tout le long de la route de Doinville. Une surprise, maintenant, endormait sa souffrance : pourquoi, à cette heure, ne pleurait-elle pas ? Elle l'aimait pourtant bien, malgré sa sauvagerie de grande fille muette. Vingt fois, pendant la dernière crise qui devait la tuer, elle était venue s'asseoir là, pour la supplier de faire appeler un médecin. Mais elle n'avait jamais obtenu de la malade qu'un non furieux, comme si cette dernière eût mis l'orgueil de la lutte à n'accepter de secours de personne, certaine quand même de la victoire, puisqu'elle emporterait l'argent ; et, alors, elle n'intervenait point, reprise elle-même de son mal, disparaissant, galopant pour oublier. C'était cela, certainement, qui lui barrait le cœur : lorsqu'on a un trop gros chagrin, il n'y a plus de place pour un autre. Appeler les gendarmes, dénoncer Misard, à quoi bon, puisque tout allait crouler ? Et, peu à peu, invinciblement, elle retourna à sa vision intérieure, reconquise tout entière par l'idée qui lui avait planté son clou dans le crâne, n'ayant plus que la sensation de la secousse profonde des trains, dont le passage, pour elle, sonnait les heures.

Depuis un instant, au loin, grondait l'approche d'un omnibus de Paris. « Une heure dix-huit, pensa-t-elle. Encore sept heures. Ce matin, à huit heures seize, ils passeront. »

Chaque semaine, depuis des mois, cette attente l'obsédait. Elle savait que, le vendredi matin, l'express, conduit par Jacques, emmenait aussi Séverine à Paris ; et elle ne vivait plus, dans une torture jalouse, que pour les guetter. Elle voulait se venger. Ce n'était même pas une pensée de vengeance, la pensée de faire du mal pour se guérir du sien ; c'était un besoin d'en finir, de culbuter tout, comme si le tonnerre les eût balayés.

La semaine d'auparavant, l'idée brusque s'était plantée, enfoncée en elle : les tuer, pour qu'ils ne passent plus, qu'ils n'aillent plus là-bas ensemble. Elle ne raisonnait pas, elle obéissait à l'instinct sauvage de détruire. Les tuer, les tuer la première fois qu'ils passeraient ; et, pour cela, culbuter le train, traîner une poutre sur la voie, arracher un rail, enfin, tout casser, tout engloutir. Lui, certainement, sur sa machine, y resterait, les membres aplatis ; la femme, toujours dans la première voiture, pour être plus près, n'en pouvait réchapper ; quant aux autres, à ce flot continuel de monde, elle n'y songeait seulement pas. Ce n'était personne, est-ce qu'elle les connaissait ?

Elle discuta le meilleur moyen de mettre son projet à exécution. Et elle en revint à l'idée d'enlever un rail. C'était le moyen le plus sûr, le plus pratique, d'une exécution facile. Le bon endroit à choisir était certainement, après la tranchée, en allant vers Barentin, la courbe qui traversait un vallon, sur un remblai de sept ou huit mètres : là, le déraillement devenait certain, la culbute serait effroyable.

Au jour seulement, Flore reprenait son service. Et elle ne quitta la chambre que pour l'omnibus de Paris, à six heures douze. Misard, lui aussi, à six heures, venait de remplacer son collègue, le stationnaire de nuit. Ce fut à son appel de trompe qu'elle vint se planter devant la barrière, le drapeau à la main. Un instant, elle suivit le train des yeux.

– Encore deux heures, pensa-t-elle tout haut.

Lorsque, à sept heures cinquante-cinq, Misard, de deux sons de trompe, signala l'omnibus du Havre, sur la voie montante, elle se leva, ferma la barrière et se planta devant, le drapeau au poing. Déjà, au loin, le train se perdait, après avoir secoué le sol ; et on l'entendit s'engouffrer dans le tunnel, où le bruit cessa. Si, dans dix minutes, aucun train de marchandises n'était signalé, elle courrait là-bas, au-delà de la tranchée, faire sauter un rail. Encore deux minutes, encore une, et elle allait partir, elle partait, lorsque de sourds cahots, sur la route de Bécourt, l'arrêtèrent.

– Eh ! Flore !

C'était Cabuche. Elle fut clouée au sol.

– Quoi donc ? continua-t-il, tu dors encore, par ce beau soleil ? Vite, que je passe avant l'express !

En elle, un écroulement se faisait. Le coup était manqué, les deux autres iraient à leur bonheur, sans qu'elle trouvât rien pour les briser là. Et, tandis qu'elle ouvrait lentement la vieille barrière à demi pourrie, elle cherchait furieusement un obstacle, quelque chose qu'elle pût jeter en travers de la voie. Ses regards venaient de tomber sur le fardier, l'épaisse et basse voiture, chargée de deux blocs de pierre, que cinq vigoureux chevaux avaient de la peine à traîner.

– Qu'as-tu, ce matin ? reprit Cabuche. Tu as l'air tout drôle.

– Ma mère est morte hier soir.

– Oh ! ma pauvre Flore ! Il fallait s'y attendre depuis longtemps, mais c'est si dur tout de même !... Alors, elle est là, je veux la voir, car nous aurions fini par nous entendre, sans le malheur qui est arrivé.

Doucement, il marcha avec elle jusqu'à la maison. Sur le seuil, pourtant, il eut un regard vers ses chevaux. D'une phrase, elle le rassura.

– Pas de danger qu'ils bougent ! Et puis, l'express est loin.

Elle mentait. De son oreille exercée, elle venait d'entendre l'express quitter la station de Barentin. Encore cinq minutes, et il serait là, il déboucherait de la tranchée, à cent mètres du passage à niveau. Tandis que le carrier, debout devant la chambre de la morte, s'oubliait, songeant à Louisette, très ému, elle, restée dehors, devant la fenêtre, continuait d'écouter, au loin, le souffle régulier de la machine de plus en plus proche. Brusquement, l'idée de Misard lui vint : il devait la voir, il l'empêcherait ; et elle eut un coup à la poitrine, lorsque, s'étant tournée, elle ne l'aperçut pas à son poste. De l'autre côté de la maison, elle le retrouva, qui fouillait la terre, sous la margelle du puits : tout à sa passion, aveugle, sourd, il fouillait, il fouillait. Et ce fut, pour elle, l'excitation dernière. Les choses elles-mêmes le voulaient. Un des chevaux se mit à hennir, tandis que la machine, au-delà de la tranchée, soufflait très haut, en personne pressée qui accourt.

– Je vas les faire tenir tranquilles, dit Flore à Cabuche. N'aie pas peur.

Elle s'élança, prit le premier cheval par le mors, tira de toute sa force décuplée de lutteuse. Le fardier s'ébranla, s'engagea sur la voie. Et il était en plein sur les rails, lorsque l'express, là-bas, à cent mètres, déboucha de la tranchée. Alors, pour immobiliser le fardier, de crainte qu'il ne traversât, elle retint l'attelage, dans une brusque secousse, d'un effort surhumain, dont ses membres craquèrent. Elle qui avait sa légende, dont on racontait des traits de force extraordinaires, elle faisait aujourd'hui cette chose, elle maintenait, de sa poigne de fer, les cinq chevaux, cabrés et hennissants dans l'instinct du péril.

Ce furent à peine dix secondes d'une terreur sans fin. Les deux pierres géantes semblaient barrer l'horizon. Avec ses cuivres clairs, ses aciers luisants, la machine glissait, arrivait de sa marche douce et foudroyante, sous la pluie d'or de la belle matinée. L'inévitable était là, rien au monde ne pouvait plus empêcher l'écrasement. Et l'attente durait.

Misard, revenu d'un bond à son poste, hurla, les bras en l'air. Sorti de la maison au bruit des roues et des hennissements, Cabuche s'était rué, hurlant lui aussi, pour faire avancer les bêtes. Mais Flore, qui venait de se jeter de côté, le retint, ce qui le sauva. Il croyait qu'elle n'avait pas eu la force de maîtriser ses chevaux, que c'étaient eux qui l'avaient traînée. Et il s'accusait, il sanglotait, dans un râle de terreur désespérée; tandis qu'elle, immobile, grandie, les paupières élargies et brûlantes, regardait. Au moment même où le poitrail de la machine allait toucher les blocs, elle vit très nettement Jacques. Il s'était tourné, leurs yeux se rencontrèrent dans un regard, qu'elle trouva démesurément long.

Alors, à vingt mètres d'eux, du bord de la voie où l'épouvante les clouait, Misard et Cabuche les bras en l'air, Flore les yeux béants, virent cette chose effrayante: le train se dresser debout, sept wagons monter les uns sur les autres, puis retomber avec un abominable craquement, en une débâcle informe de débris. Les trois premiers étaient réduits en miettes, les quatre autres ne faisaient plus qu'une montagne, un enchevêtrement de toitures défoncées, de roues brisées, de portières, de chaînes, de tampons, au milieu de morceaux de vitre. Et, surtout, l'on avait entendu le broiement de la machine contre les pierres, un écrasement sourd terminé en un cri d'agonie. La Lison, éventrée, culbutait à gauche, par-dessus le fardier; tandis que les pierres, fendues, volaient en éclats, et que, des cinq chevaux, quatre, roulés, traînés, étaient tués net. La queue du train, six wagons encore, intacts, s'était arrêtée, sans même sortir des rails.

Mais des cris montèrent, des appels dont les mots se perdaient en hurlements inarticulés de bête.

– À moi ! au secours !... je meurs ! au secours !

On n'entendait plus, on ne voyait plus. La Lison, renversée sur les reins, le ventre ouvert, perdait sa vapeur par les robinets arrachés, les tuyaux crevés. Une haleine blanche en sortait, inépuisable, roulant d'épais tourbillons au ras du sol ; pendant que, du foyer, les braises tombées, rouges comme le sang même de ses entrailles, ajoutaient leurs fumées noires. Le cheval qui n'était pas mort, gisait lui aussi, les deux pieds de devant emportés, perdant également ses entrailles par une déchirure de son ventre.

Dans ce tumulte assourdissant, cette fumée aveuglante, les portières des voitures restées intactes venaient de s'ouvrir, et une déroute de voyageurs se ruait au-dehors. Des femmes, des hommes, hurlant, se perdirent au fond des bois.

Piétinée, ses cheveux défaits et sa robe en loques, Séverine avait fini par se dégager ; et elle ne fuyait pas, elle galopait vers la machine grondante, lorsqu'elle se trouva en face de Pecqueux.

– Jacques, Jacques ! il est sauvé, n'est-ce pas ?

Le chauffeur, qui, par un miracle, ne s'était pas même foulé un membre, accourait lui aussi, le cœur serré d'un remords, à l'idée que son mécanicien se trouvait là-dessous.

– J'ai sauté, bégaya-t-il, je ne sais rien, rien du tout... Courons, courons vite !

Sur le quai, ils se heurtèrent contre Flore, qui les regardait venir. Elle n'avait pas bougé encore, dans la stupeur de l'acte accompli, de ce massacre qu'elle avait fait. Mais, lorsqu'elle reconnut Séverine, une ombre d'affreuse souffrance noircit son visage pâle. Et quoi ? elle vivait, cette femme, lorsque lui certainement était mort ! Dans cette douleur aiguë de son amour assassiné, ce coup de couteau qu'elle s'était donné en plein cœur, elle eut la brusque conscience de l'abomination de son crime. Elle avait fait ça, elle l'avait tué, elle avait tué tout ce monde ! Un grand cri déchira sa gorge, elle tordait ses bras, elle courait follement.

– Jacques, oh ! Jacques… Il est là, il a été lancé en arrière, je l'ai vu, criait Flore. Il a été jeté par là, sous le tender… Accourez donc ! aidez-moi donc !

Déjà, Cabuche et Misard venaient de relever Henri, le conducteur-chef, qui, à la dernière seconde, avait sauté lui aussi. Il s'était démis le pied, ils l'assirent par terre, contre la haie.

– Cabuche, viens donc m'aider, je te dis que Jacques est là-dessous !

Le carrier n'entendait pas, courait à d'autres blessés, emportait une jeune femme dont les jambes pendaient, cassées aux cuisses. Et ce fut Séverine qui se précipita, à l'appel de Flore.

– Jacques, Jacques !… Où donc ? Je vous aiderai.

– C'est ça, aidez-moi, vous !

Leurs mains se rencontrèrent, elles tiraient ensemble sur une roue brisée.

Pendant qu'on courait à Barentin demander du secours, le déblaiement s'organisait le plus activement possible. Mais on avançait avec d'infinies précautions, chaque débris à enlever demandait des soins, car on craignait d'achever les malheureux ensevelis, s'il se produisait des éboulements. On travailla un quart d'heure à en délivrer un, qui ne se plaignait pas, disant qu'il n'avait rien, qu'il ne souffrait de rien ; et, quand on l'eut sorti, il n'avait plus de jambes, il expira tout de suite, sans avoir su ni senti cette mutilation horrible, dans le saisissement de sa peur. Déjà quatre cadavres étaient rangés côte à côte, au bord de la voie. Une dizaine de blessés, étendus par terre, attendaient, sans un médecin pour les panser, sans un secours.

– Quand je vous dis que Jacques est là-dessous ! répétait Flore, se soulageant à ce cri obstiné qu'elle jetait sans raison.

Et, de ses bras de guerrière, elle tordait le zinc des toitures, brisait des portières, arrachait des bouts de chaîne. Et, dès qu'elle tombait sur un mort ou sur un blessé, elle appelait, pour qu'on l'en débarrassât, ne voulant pas lâcher une seconde ses fouilles enragées.

Derrière elle, Cabuche, Pecqueux, Misard travaillaient, tandis que Séverine venait de s'asseoir sur la banquette défoncée d'un wagon. Dans la caisse renversée d'un compartiment de première classe, on venait de découvrir un jeune ménage, des nouveaux mariés sans doute, jetés l'un contre l'autre, si malheureusement que la femme écrasait l'homme, sans qu'elle pût faire un mouvement pour le soulager. Lui, étouffait, râlait déjà. Et, lorsqu'on les eut délivrés l'un et l'autre, ce fut elle qui rendit l'âme, le flanc troué par un tampon. Et l'homme, revenu à lui, clamait de douleur, agenouillé près d'elle, dont les yeux restaient pleins de larmes.

Maintenant, il y avait douze morts, plus de trente blessés. Mais on arrivait à dégager le tender; et Flore, de temps à autre, s'arrêtait, pour voir si elle n'apercevait pas le mécanicien. Brusquement, elle jeta un grand cri.

– Je le vois, il est là-dessous...

Alors, elle courut, elle revint avec la hache qui servait, chez les Misard, à fendre le bois; et, la brandissant, elle attaqua le plancher d'une volée furieuse. Elle abattait le bois, chacun de ses coups tranchait un obstacle. Un dernier coup, qui porta sur un essieu, cassa en deux le fer de la hache. Et, aidée des autres, elle écarta les roues qui avaient protégé le jeune homme d'un écrasement certain, elle fut la première à le saisir, à l'emporter entre ses bras.

– Jacques, Jacques!... Il respire, il vit.

Séverine, éperdue, la suivait. À elles deux, elles le déposèrent au pied de la haie, près d'Henri, qui, stupéfié, regardait toujours, sans avoir l'air de comprendre où il était et ce qu'on faisait autour de lui. Pecqueux, qui s'était approché, restait debout devant son mécanicien, bouleversé de le voir dans un si fichu état; tandis que les deux femmes, agenouillées maintenant, l'une à droite, l'autre à gauche, soutenaient la tête du malheureux, en épiant avec angoisse les moindres frissons de son visage.

Enfin, Jacques ouvrit les paupières. Ses regards troubles se portèrent sur elles, tour à tour, sans qu'il parût les reconnaître. Mais ses yeux ayant rencontré, à quelques mètres, la machine qui expirait, s'effarèrent d'abord, puis se fixèrent, vacillants d'une émotion croissante. Elle, la Lison, il la reconnaissait bien. La pauvre Lison n'en avait plus que pour quelques minutes. Elle se refroidissait, les braises de son foyer tombaient en cendre, le souffle qui s'était échappé si violemment de ses flancs ouverts s'achevait en une petite plainte d'enfant qui pleure. Souillée de terre et de bave, elle avait la fin tragique d'une bête de luxe qu'un accident foudroie en pleine rue. Un instant, on avait pu voir, par ses entrailles crevées, fonctionner ses organes, les pistons battre comme deux cœurs jumeaux, la vapeur circuler dans les tiroirs comme le sang de ses veines; mais, pareilles à des bras convulsifs, les bielles n'avaient plus que des tressaillements, les révoltes dernières de la vie; et son âme s'en allait avec la force qui la faisait vivante, cette haleine immense dont elle ne parvenait pas à se vider toute. La géante éventrée s'apaisa encore, s'endormit peu à peu d'un sommeil très doux, finit par se taire. Elle était morte. Et le tas de fer, d'acier et de cuivre, qu'elle laissait là, ce colosse broyé, avec son tronc fendu, ses membres épars, ses organes meurtris, mis au plein jour, prenait l'affreuse tristesse d'un cadavre humain, énorme, de tout un monde qui avait vécu et d'où la vie venait d'être arrachée, dans la douleur.

Alors, Jacques, ayant compris que la Lison n'était plus, referma les yeux avec le désir de mourir lui aussi. C'en fut trop pour Pecqueux. Leur bonne amie mourait, et voilà que son mécanicien voulait la suivre. Et Pecqueux, qui pourtant n'avait pas bu, éclata en sanglots violents, dont les hoquets secouaient son grand corps, sans qu'il pût les retenir.

Les secours, enfin, arrivaient, après deux heures d'attente. Un train de trois wagons, conduit par une machine-pilote, venait d'amener de Rouen le chef de cabinet du préfet, le procureur impérial, des ingénieurs et des médecins de la Compagnie, tout un flot de personnages effarés et empressés ; tandis que le chef de gare de Barentin, M. Bessière, était déjà là, avec une équipe, attaquant les débris. Les médecins procédaient en hâte au pansement des blessés. Il y avait, en somme, quinze morts et trente-deux voyageurs atteints grièvement. En attendant que leur identité pût être établie, les morts étaient restés par terre, le visage au ciel. Seul, un petit substitut s'occupait d'eux, fouillait leurs poches, pour voir si des papiers ne lui permettraient pas de les étiqueter chacun d'un nom et d'une adresse.

Jacques était toujours évanoui, et Séverine avait arrêté un médecin au passage, suppliante. Celui-ci venait d'examiner le jeune homme, sans lui trouver aucune blessure apparente ; mais il craignait des lésions intérieures. Il conseillait d'emporter le blessé au plus tôt et de l'installer dans un lit, en évitant les secousses.

Sous les mains qui le palpaient, Jacques de nouveau avait ouvert les yeux, avec un léger cri de souffrance ; et, cette fois, il reconnut Séverine. Flore s'était penchée. Il la reconnut, elle aussi. Ses regards exprimèrent une épouvante d'enfant, il se rejeta vers Séverine, dans un recul de haine et d'horreur.

– Emmène-moi, tout de suite, tout de suite!

Alors, elle lui demanda, en le tutoyant de même, seule avec lui, car cette fille ne comptait plus:

– À la Croix-de-Maufras, veux-tu?... Nous serons chez nous.

– Où tu voudras, tout de suite!

Immobile, Flore avait blêmi, sous ce regard d'exécration terrifiée. Ainsi, dans ce carnage d'inconnus et d'innocents, elle n'était arrivée à les tuer ni l'un ni l'autre: la femme en sortait sans une égratignure; lui, maintenant, en réchapperait peut-être; et elle n'avait de la sorte réussi qu'à les rapprocher, à les jeter ensemble, seul à seule, au fond de cette maison solitaire. Un grand froid la glaçait, elle regardait les morts, elle avait tué pour rien. À ce moment, dans ce coup d'œil jeté à la tuerie, Flore aperçut Misard et Cabuche, que des messieurs interrogeaient, la justice pour sûr. En effet, le procureur impérial et le chef du cabinet du préfet tâchaient de comprendre comment cette voiture de carrier s'était trouvée ainsi en travers de la voie. Misard soutenait qu'il n'avait pas quitté son poste. Quant à Cabuche, bouleversé encore, il racontait une longue histoire confuse.

Un sauvage besoin de liberté fit battre de nouveau le sang glacé de Flore. À quoi bon attendre qu'on l'ennuyât avec des questions, qu'on l'arrêtât peut-être? Car, en dehors du crime, il y avait eu une faute de service, on la rendrait responsable. Cependant, elle restait, retenue là, tant que Jacques y serait lui-même.

Séverine venait de tant prier Pecqueux, que celui-ci s'était enfin procuré un brancard; et il reparut avec un camarade, pour emporter le blessé. Le médecin avait également décidé la jeune femme à accepter chez elle le conducteur-chef, Henri, qui ne semblait souffrir que d'une commotion au cerveau, hébété.

Et, comme Séverine se penchait pour déboutonner le col de Jacques, qui le gênait, elle le baisa sur les yeux, ouvertement, voulant lui donner le courage de supporter le transport.

Souriant, il la baisa à son tour. Et ce fut, pour Flore, le déchirement suprême. Elle prit la fuite.

Flore galopa, tourna tout de suite au coude que faisait la route de Doinville, puis se lança à gauche, s'en allant à une cachette où elle aimait se terrer dans ses jours tristes, une excavation au-dessus du tunnel. Elle leva les yeux, vit au soleil qu'il était midi. Quand elle fut dans son trou, elle s'allongea sur la roche dure, elle resta immobile, les mains nouées derrière la nuque. Alors, seulement, un vide affreux se produisit en elle. Ce n'était pas le remords d'avoir tué inutilement tout ce monde. Mais, elle en était certaine maintenant, Jacques l'avait vue retenir les chevaux; et elle venait de le comprendre, à son recul, il avait pour elle la répulsion terrifiée qu'on a pour les monstres. Jamais il n'oublierait. La fatigue, un anéantissement de tout son être l'empêchait seul de se relever pour chercher une arme et mourir. Elle s'endormit, d'un sommeil noir, sans rêves.

Lorsque Flore se réveilla, la nuit s'était faite, profonde. Étourdie, elle tâta autour d'elle, se souvint tout d'un coup, en sentant le roc nu, où elle était couchée. Et ce fut, comme au choc de la foudre, la nécessité implacable : il fallait mourir. Elle ne pouvait vivre dans tout ce sang, le cœur arraché, exécrée du seul homme qu'elle avait voulu et qui était à une autre.

Flore se leva, sortit du trou de roches. Elle n'hésita pas, car elle venait de trouver d'instinct où elle devait aller. D'un nouveau regard au ciel, vers les étoiles, elle sut qu'il était près de neuf heures. Comme elle arrivait à la ligne de chemin de fer, un train passa, à grande vitesse, sur la voie descendante, ce qui parut lui faire plaisir : tout irait bien, on avait évidemment déblayé cette voie. Dès lors, elle suivit la haie vive, au milieu du grand silence de ce pays sauvage. Avant d'arriver au tunnel, elle continua d'avancer sur la voie même. Et dans le tunnel, elle marcha encore, toujours, toujours en avant. Et ce fut, en elle, un réveil d'énergie, lorsqu'elle aperçut, très lointain, le fanal de l'express, pareil à une petite étoile, scintillante et unique au fond d'un ciel d'encre. Redressée dans sa haute taille souple de statue, balancée sur ses fortes jambes, elle avançait maintenant d'un pas allongé, comme à l'approche d'une amie, à qui elle voulait épargner un bout du chemin. Mais le train venait d'entrer dans le tunnel, l'effroyable grondement approchait, ébranlant la terre d'un souffle de tempête, tandis que l'étoile était devenue un œil énorme, toujours grandissant, jaillissant comme de l'orbite des ténèbres. L'œil se changeait en un brasier, en une gueule de four vomissant l'incendie, le souffle du monstre arrivait, humide et chaud déjà, dans ce roulement de tonnerre, de plus en plus assourdissant. Et elle marchait toujours, elle se dirigeait droit à cette fournaise, pour ne pas manquer la machine, fascinée ainsi qu'un insecte de nuit, qu'une flamme attire. Et, dans l'épouvantable choc, dans l'embrassade, elle se redressa encore, comme si, soulevée par une dernière révolte de lutteuse, elle eût voulu étreindre le colosse, et le terrasser. Sa tête avait porté en plein dans le fanal, qui s'éteignit.

Ce ne fut que plus d'une heure après qu'on vint ramasser le cadavre de Flore. Il gisait sur la voie montante, projeté là par la violence du choc, la tête en bouillie, les membres sans une égratignure, à moitié dévêtus. Silencieusement, les hommes l'enveloppèrent. Ils l'avaient reconnue. Elle s'était sûrement fait tuer, folle, pour échapper à la responsabilité terrible qui pesait sur elle.

Dès minuit, le cadavre de Flore, dans la petite maison basse, reposa à côté du cadavre de sa mère. On avait mis par terre un matelas, et rallumé une chandelle, entre elles deux. Phasie, la tête penchée toujours, avec le rire affreux de sa bouche tordue, semblait maintenant regarder sa fille, de ses grands yeux fixes ; tandis que, dans la solitude, au milieu du profond silence, on entendait de tous côtés la sourde besogne, l'effort haletant de Misard, qui s'était remis à ses fouilles.

XI

C'était dans la grande chambre à coucher de la Croix-de-Maufras, dont les deux hautes fenêtres donnaient sur la ligne du chemin de fer, à quelques mètres.

Séverine avait fait monter dans cette pièce Jacques blessé, évanoui ; tandis qu'on laissait Henri Dauvergne au rez-de-chaussée, dans une autre chambre à coucher, plus petite. Elle gardait pour elle-même une chambre voisine de celle de Jacques. En deux heures, l'installation fut suffisamment confortable, car la maison était restée toute montée, il y avait jusqu'à du linge au fond des armoires. Un tablier noué par-dessus sa robe, Séverine se trouvait changée en infirmière, après avoir télégraphié simplement à Roubaud qu'il n'eût pas à l'attendre, qu'elle demeurerait là sans doute quelques jours, pour soigner des blessés, recueillis chez eux.

Et, dès le lendemain, le médecin avait cru pouvoir répondre de Jacques, même en huit jours il comptait le remettre sur pied : un véritable miracle, à peine de légers désordres intérieurs.

Dès qu'elle l'avait vu en état de l'entendre, Séverine s'était empressée de le rassurer :

– Ne t'inquiète pas, j'ai vidé tes poches, j'ai pris la montre.

Il la regardait, les yeux élargis, faisant un effort de mémoire.

– La montre… Ah! oui, la montre.

– On aurait pu te fouiller. Et je l'ai cachée parmi des affaires à moi. N'aie pas peur.

Il la remercia d'un serrement de main. En tournant la tête, il avait aperçu, sur la table, le couteau, trouvé également dans une de ses poches. Lui, seulement, n'était pas à cacher: un couteau comme tous les autres.

Mais, le lendemain déjà, Jacques était plus fort, et il se reprit à espérer qu'il ne mourrait pas là. Il avait eu un véritable plaisir à reconnaître, près de lui, Cabuche; car, depuis l'accident, le carrier n'avait pas quitté Séverine, comme emporté lui aussi dans un ardent besoin de dévouement. Et les deux amants s'habituaient à lui, se tutoyaient, s'embrassaient même sans se gêner, lorsqu'il traversait la chambre discrètement, en effaçant le plus possible son grand corps.

Jacques, cependant, s'étonnait des fréquentes absences de Séverine. Le premier jour, elle lui avait caché la présence d'Henri, en bas, sentant bien de quelle douceur apaisante lui serait l'idée d'une absolue solitude.

Seulement, elle disparaissait à chaque minute, et dès le lendemain, il avait entendu, au rez-de-chaussée, des bruits de pas, des chuchotements.

– Qui est-ce?… Nous ne sommes donc pas seuls?

– Eh bien! non, mon chéri, il y a en bas, juste sous ta chambre, un autre blessé que j'ai dû recueillir. Henri, tu sais, le conducteur-chef?

Jacques se taisait, fixait sur elle un regard si long, qu'elle ajouta :

– Tu comprends ? s'il n'était pas là, on pourrait jaser de nous deux... Tant que je ne suis pas seule avec toi, mon mari n'a rien à dire...

Dès le quatrième jour, Jacques put se lever et passer deux heures dans un fauteuil, devant la fenêtre. En se penchant un peu, il apercevait l'étroit jardin, envahi d'églantiers aux fleurs pâles. Et il se rappelait la nuit où il s'était haussé, pour regarder par-dessus le mur, cette haie qu'il avait franchie, et derrière laquelle il s'était heurté à Flore, en train de démêler des cordes volées, à coups de ciseaux. Ah ! l'abominable nuit, toute pleine de l'épouvante de son mal ! Cette Flore, avec sa taille haute et souple de guerrière blonde, ses yeux flambants, fixés droit dans les siens, l'obsédait. Pourquoi donc ne la voyait-il plus, elle, à son poste de garde-barrière ? Il n'osait poser la question. Un matin pourtant, comme Cabuche était là, aidant Séverine, il finit par se décider.

– Et Flore, elle est malade ?

– La pauvre Flore, elle est morte !

Jacques les regardait, frémissant. À eux deux, ils lui contèrent le suicide de la jeune fille, comment elle s'était fait couper, sous le tunnel. On avait retardé l'enterrement de la mère jusqu'au soir, pour emmener la fille en même temps ; et elles dormaient côte à côte, dans le petit cimetière de Doinville, où elles étaient allées rejoindre la première partie, la cadette, cette douce et malheureuse Louisette.

– Morte, mon Dieu ! répéta très bas Jacques.

Cabuche répondit d'une voix bégayante à Jacques qui l'interrogeait.

– On l'accusait donc d'avoir provoqué l'accident ?

– Oh ! non, non… Seulement, c'était sa faute, vous comprenez bien.

En phrases coupées, il dit ce qu'il savait. Lui, n'avait rien vu, car il était dans la maison, quand les chevaux avaient marché, amenant le fardier en travers de la voie. C'était bien là son sourd remords, ces messieurs de la justice le lui avaient reproché durement : on ne quittait pas ses bêtes, l'effroyable malheur ne serait pas arrivé, s'il était resté avec elles. L'enquête avait donc abouti à une simple négligence de la part de Flore ; et, comme elle s'était punie elle-même, atrocement, l'affaire en demeurait là, on ne déplaçait même pas Misard, qui s'était tiré d'embarras, en chargeant la morte. D'ailleurs, la Compagnie n'avait pu qu'établir ce matin-là, la parfaite correction de son service ; et, en attendant qu'il se remariât, elle venait de l'autoriser à prendre avec lui, pour garder la barrière, une vieille femme du voisinage.

Lorsque Cabuche quitta la chambre, Jacques retint Séverine du regard. Il était très pâle.

– Tu sais bien que c'est Flore qui a tiré les chevaux, et qui a barré la voie, avec les pierres.

Séverine blêmit à son tour.

– Chéri, tu as la fièvre, il faut te recoucher.

– Non, je l'ai vue, comme je te vois. Elle tenait les bêtes, elle a tenté de nous tuer tous les deux, dans le tas…

Séverine frissonna.

– Tais-toi, tais-toi donc ! Tu me rendras folle.

Et elle sortit, Jacques l'entendit qui descendait près de l'autre blessé. Lui, resté à la fenêtre, s'oublia de nouveau à examiner le poste de cantonnement, cette étroite baraque de planches, où Misard semblait sommeiller, dans sa régulière et monotone besogne. Ce Misard, il ne se lassait pas de le regarder, cet être chétif, doux et blême, continuellement secoué d'une petite toux mauvaise, et qui avait empoisonné sa femme. Illettré, obtus, il ne lisait jamais, il restait les mains ballantes, les yeux perdus et vagues, entre les appels de ses appareils. Quand il sonnait de la trompe, quand il manœuvrait ses signaux, veillant en automate à la sécurité de tant de vies, il songeait au poison. Rien au-delà : il la tuerait, il chercherait, c'était lui qui aurait l'argent.

Aujourd'hui, Jacques s'étonnait de le trouver le même. On tuait donc sans secousse, et la vie continuait. Après la fièvre des premières fouilles, Misard, en effet, venait de retomber à son flegme. Et ses regards seuls, des regards inquiets et fureteurs, disaient sa préoccupation, dans sa face terreuse. Sans cesse, il cherchait, cherchait éperdument, le jour, pendant ses longues attentes, alourdi d'oisiveté, la nuit, tourmenté de sommeil, comme exilé au bout du monde, dans le silence de la grande campagne noire.

Une nuit, Jacques vit une lanterne aller et venir chez Misard : sûrement, l'homme cherchait. Mais, la nuit suivante, comme le convalescent guettait de nouveau, il eut l'étonnement de reconnaître Cabuche sous la fenêtre de la pièce voisine, où dormait

Séverine. Et cela, sans qu'il sût pourquoi, au lieu de l'irriter, l'emplit de commisération et de tristesse. Oui, certainement, Cabuche l'aimait, la désirait. Et, le lendemain, l'ayant surveillé, il le vit qui ramassait furtivement une épingle à cheveux, tombée de son chignon, en faisant le lit, et qui la gardait dans son poing, pour ne pas la rendre.

La semaine s'achevait. Un matin, le mécanicien, étant à la fenêtre, vit passer, sur une machine toute neuve, son chauffeur Pecqueux, qui le salua de la main, comme s'il l'appelait. Le jour même, en bas, il entendit une gaieté de grandes filles, emplissant la triste demeure du tapage d'un pensionnat en récréation. Il avait reconnu les petites Dauvergne. Il n'en parla point à Séverine, qui, d'ailleurs, la journée entière, s'échappa, sans pouvoir rester cinq minutes près de lui. Puis, le soir, la maison tomba à un silence de mort. Et, comme, l'air grave, elle s'attardait dans sa chambre, il la regarda fixement, il lui demanda :

– Alors, il est parti, ses sœurs l'ont emmené ?

– Oui.

– Tu regrettes qu'il soit parti, hein ?

Et, comme elle tressaillait, en voulant protester, il l'arrêta.

– Ce n'est pas une querelle que je te cherche. Tu vois bien que je ne suis pas jaloux. Mais, vraiment, tu ne bougeais plus d'en bas. Impossible de t'avoir à moi une minute. J'ai fini par me rappeler ce que disait ton mari, que tu coucherais un beau soir avec ce garçon, sans plaisir, uniquement pour recommencer autre chose.

Elle répéta à deux reprises, lentement :

– Recommencer, recommencer…

Puis, dans un élan d'irrésistible franchise :

– Eh bien ! écoute, c'est vrai… Depuis des mois, il me poursuivait, cet homme. Et, quand je l'ai retrouvé en bas, il m'a répété qu'il m'aimait à en mourir, avec une telle douceur de tendresse, que, c'est vrai, j'ai fait un moment le rêve de l'aimer aussi, de recommencer autre chose, quelque chose de meilleur, de très doux…

Elle s'interrompit, hésita avant de continuer.

– Car, devant nous deux, maintenant, c'est barré, nous n'irons pas plus loin… Notre rêve de départ, cet espoir d'être riches et heureux, là-bas, en Amérique, toute cette félicité qui dépendait de toi, elle est impossible, puisque tu n'as pas pu… Oh ! je ne te reproche rien, mais je veux te faire comprendre qu'avec toi je n'ai plus rien à attendre.

– Et c'est pour ça que tu as couché avec l'autre ?

– Non, je n'ai pas couché avec lui, et je te le dis simplement, parce que désormais nous n'avons pas à nous mentir… Non, je n'ai pas pu, pas davantage que tu n'as pu toi-même, pour l'autre affaire.

Il voyait bien qu'elle ne mentait pas. Et il était repris d'une angoisse, le trouble affreux de son désir grandissait, à penser qu'il était maintenant enfermé seul avec elle, loin du monde, dans la flamme rallumée de leur passion. Il voulut s'échapper, il s'écria :

– Mais l'autre, il y en a un autre, ce Cabuche !

– Ah ! tu t'es aperçu, tu sais cela aussi… Oui, c'est vrai, il y a celui-là encore. Il me vole tout, des affaires à moi, des gants, jusqu'à des mouchoirs qui disparaissent, qu'il emporte là-bas, dans sa caverne, comme des trésors... Seulement, tu ne vas pas t'imaginer que je suis capable de céder à ce sauvage. D'ailleurs, il ne demande rien...

Elle se rapprocha, elle était si près de lui, qu'il sentait la tiédeur de son haleine.

– Non, non, encore moins avec celui-là qu'avec l'autre. Avec personne, entends-tu, parce que je ne pourrais pas... Et veux-tu savoir pourquoi? C'est parce que tu m'as prise tout entière. Il n'y a pas d'autre mot: oui, prise, comme on prend quelque chose des deux mains, qu'on l'emporte, qu'on en dispose à chaque minute, ainsi que d'un objet à soi. Je suis tienne et je resterai tienne, même si tu ne le veux pas, même si je ne le veux pas moi-même... ça, je ne saurais l'expliquer. Ah! je n'aime que toi, je ne peux plus aimer que toi!

Elle avançait les bras, pour poser la tête sur son épaule, la bouche à ses lèvres. Mais il lui avait saisi les mains, il la retenait, éperdu, terrifié de sentir l'ancien frisson remonter de ses membres, avec le sang qui lui battait le crâne. Depuis quelque temps, il ne pouvait plus la posséder en plein jour ni même à la clarté d'une bougie, dans la peur de devenir fou, s'il voyait. Et une lampe était là, qui les éclairait vivement tous les deux; et, s'il tremblait ainsi, s'il commençait à s'enrager, ce devait être qu'il apercevait la rondeur blanche de sa gorge, par le col dégrafé de la robe de chambre.

Suppliante, brûlante, elle continua:

– Notre existence a beau être barrée, tant pis ! Ça m'est égal, je n'ai pas autre chose à faire que de traîner ma vie et de souffrir avec toi. On est au bout de la terre, dans cette maison. Personne ne peut venir, nous sommes seuls, si absolument seuls, que personne ne le saurait, si nous mourions aux bras l'un de l'autre.

Déjà, dans la fureur de son désir de possession, exalté par ses caresses, Jacques, n'ayant pas d'arme, avançait les doigts pour étrangler Séverine, lorsque, d'elle-même, elle céda à l'habitude prise, se tourna et éteignit la lampe. Alors, il l'emporta, ils se couchèrent. Ce fut une de leurs plus ardentes nuits d'amour. Peut-être avait-elle senti la mort passer sur sa nuque avant d'éteindre la lampe. Et c'était cette épouvante inexpliquée qui la nouait si étroitement à cette poitrine d'homme, dans un besoin de protection.

– Oh ! mon chéri, si tu avais pu, que nous aurions été heureux là-bas... ! Non, non, je ne te demande plus de faire ce que tu ne peux pas faire ; seulement, je regrette tant notre rêve !... J'ai eu peur, tout à l'heure. Je ne sais pas, il me semble que quelque chose me menace. C'est un enfantillage sans doute : à chaque minute, je me retourne, comme si quelqu'un était là, prêt à me frapper...

Sans répondre, il la serra davantage, mettant dans cette pression ce qu'il ne disait point : son émotion, son désir sincère d'être bon pour elle, l'amour violent qu'elle n'avait pas cessé de lui inspirer.

– Ah ! mon chéri, continua-t-elle de son petit souffle de caresse, des nuits et des nuits encore, toutes pareilles a celle-ci, des nuits sans fin où nous serions comme ça, à ne faire qu'un... Mais tu ne peux pas, je le sais. Si je t'en parle, ce n'est pas pour te faire de la peine, c'est parce que ça me sort du cœur, malgré moi.

Une décision brusque envahit Jacques: tuer Roubaud, pour ne pas la tuer, elle. Cette fois, il crut en avoir la volonté absolue.

– Je n'ai pas pu, murmura-t-il à son tour, mais je pourrai. C'est parce qu'il le faut, que j'en trouverai la force...

Et ils se turent, il y eut un nouveau silence, sous le poids lourd de cette résolution.

Ce fut elle qui reprit son léger murmure.

– Il faudrait qu'il vînt ici... Oui, je pourrais l'appeler, sous un prétexte... Tu l'attendrais, tu te cacherais; et ça irait tout seul, car on est certain de n'être pas dérangé, ici...

Docile, il se contenta de répondre:

– Oui, oui.

Mais elle, très réfléchie, pesait chaque détail:

– Le mieux serait de faire croire à un suicide... Il est si drôle depuis quelque temps, si détraqué et si sombre, que ça ne surprendrait personne d'apprendre brusquement qu'il est venu ici pour se tuer... Il faut que tu partes. Entends-tu? demain, tu partiras, mais d'une façon ouverte, devant Cabuche, devant Misard, pour que ton départ soit bien établi. Tu prendras le train à Barentin, tu descendras à Rouen; puis, dès que la nuit sera tombée, tu reviendras, je te ferai entrer par-derrière. Il n'y a que quatre lieues, tu peux être de retour en moins de trois heures… Cette fois, tout est réglé. C'est fait, si tu le veux.

– Oui, je le veux, c'est fait.

Et il y eut un silence, pendant qu'ils demeuraient ainsi, sans bouger, aux bras l'un de l'autre, comme anéantis dans l'acte futur, arrêté, certain désormais. Puis, lentement, la sensation de leurs deux corps leur revint, et ils s'étouffaient d'une étreinte grandissante, lorsqu'elle s'arrêta, les bras dénoués.

– Eh bien ! et le prétexte pour le faire venir ici ? Tiens ! cet acquéreur pour la maison, dont Misard m'a parlé, et qui doit visiter après-demain matin ! Voilà, je vais télégraphier à mon mari que sa présence est absolument nécessaire… Tout s'arrange parfaitement.

Les choses se passèrent, ce jour-là, ainsi que les avaient arrêtées Séverine et Jacques. Elle, avant le déjeuner, pria Misard de porter à Doinville la dépêche pour son mari ; et, vers trois heures, comme Cabuche était là, lui, ouvertement, fit ses préparatifs de départ. Même, comme il partait, pour prendre à Barentin le train de quatre heures quatorze, le carrier l'accompagna. À Rouen, où Jacques arriva à cinq heures moins vingt, il descendit, près de la gare, dans une auberge que tenait une de ses payses. Le lendemain, il parlait de voir des camarades, avant d'aller à Paris reprendre son service. Mais il se dit très fatigué ; et, dès six heures, il se retira pour dormir, dans une chambre qu'il s'était fait donner au rez-de-chaussée, avec une fenêtre qui s'ouvrait sur une ruelle déserte. Dix minutes plus tard, il était en route pour la Croix-de-Maufras, après avoir enjambé cette fenêtre, en ayant bien soin de repousser le volet, de façon à pouvoir rentrer par là, secrètement.

Ce fut seulement à neuf heures un quart que Jacques se retrouva devant la maison solitaire. La nuit était très noire, pas une lueur n'éclairait la façade hermétiquement close. Ainsi que cela était convenu avec Séverine, il jeta trois petits cailloux dans le volet de la chambre ; puis, il passa derrière la maison, où une porte, silencieusement, finit par s'ouvrir. L'ayant refermée derrière lui, il suivit des pas légers qui montaient l'escalier, à tâtons. Mais, en haut, à la lueur de la grosse lampe brûlant sur le coin d'une table, quand il aperçut le lit déjà défait, les vêtements de la jeune femme jetés en travers d'une chaise, il resta immobile de surprise.

– Comment ! tu t'es couchée ?

– Sans doute, ça vaut beaucoup mieux… Tu comprends, quand il arrivera et que je descendrai lui ouvrir comme ça, il se méfiera encore moins.

Mais Jacques frémissait, s'emportait.

– Non, non, habille-toi… Il faut que tu sois debout Tu ne peux pas rester comme ça.

Elle s'était mise à sourire, étonnée.

– Pourquoi donc, mon chéri ? Ne t'inquiète pas, je t'assure que je n'ai pas froid du tout… Tiens ! vois donc si j'ai chaud !

D'un mouvement câlin, elle s'approchait pour se pendre à lui de ses bras nus, levant sa gorge ronde, que découvrait la chemise, glissée sur une épaule.

Et, comme il se reculait, dans une irritation croissante, elle se fit docile.

– Ne te fâche pas, je vais me refourrer dans le lit. Tu n'auras plus peur que je prenne du mal.

Lorsqu'elle fut recouchée, le drap au menton, il parut en effet se calmer un peu. D'ailleurs, elle continuait de parler d'un air tranquille, elle lui expliquait comment elle avait arrangé les choses dans sa tête.

– Dès qu'il frappera, je descendrai lui ouvrir. D'abord, j'avais l'idée de le laisser monter jusqu'ici. Mais, pour le redescendre, ça aurait compliqué encore; et puis, dans cette chambre, c'est du parquet, tandis que le vestibule est dallé, ce qui me permettra de laver aisément, s'il y a des taches... Tu te mettras derrière la porte, et quand je l'aurai ouverte et qu'il sera entré, tu feras comme tu voudras...

Devant la table, il s'était arrêté, en voyant le couteau. Il le prit, l'examina. Elle se taisait, regardant elle aussi. Puisqu'il le tenait, il était inutile de lui en parler. Et elle ne continua que lorsqu'il l'eut reposé sur la table.

– N'est-ce pas? mon chéri, ce n'est pas moi qui te pousse. Il en est temps encore, va-t'en, si tu ne peux pas.

Mais, d'un geste violent, il s'entêtait.

– Est-ce que tu me prends pour un lâche? Cette fois, c'est fait, c'est juré!

À ce moment, la maison fut ébranlée par le tonnerre d'un train; et il ajouta:

– Voici son train, le direct de Paris. Il est descendu à Barentin, il sera ici dans une demi-heure.

Et ni Jacques ni Séverine ne parlèrent plus, un long silence régna. Lui, mécaniquement, s'était mis à marcher aussi dans la chambre. Elle, le drap toujours au menton, couchée sur le dos, avec ses grands yeux fixes, le regardait aller et venir. Il se répétait ce qu'il s'était dit tant de fois : son intérêt à supprimer cet homme, la fortune qui l'attendait en Amérique, la possession de la femme qu'il aimait.

– Encore un quart d'heure, dit Jacques tout haut. Il a dépassé le bois de Bécourt, il est à moitié route. Ah ! que c'est long !

Mais, comme il revenait vers la fenêtre, il trouva, debout devant le lit, Séverine en chemise.

– Si nous descendions avec la lampe, expliqua-t-elle. Tu verrais l'endroit, tu te placerais, je te montrerais comment j'ouvrirai la porte et quel mouvement tu auras à faire.

Lui, tremblant, reculait.

– Non, non ! recouche-toi !

Elle n'obéissait pas, elle marchait sur lui, au contraire, avec le sourire invincible et despotique de la femme qui se sait toute-puissante par le désir.

– Voyons, mon chéri, qu'as-tu ? Dès que je m'approche, tu sembles m'éviter.

Elle avait fini par l'acculer à la table, et il ne pouvait la fuir davantage, il la regardait, dans la vive clarté de la lampe. Il étouffait, luttant, déjà emporté, étourdi par le flot de son sang, dans l'abominable frisson. Et il se souvenait que le couteau était là, derrière lui, sur la table : il le sentait, il n'avait qu'à allonger la main.

D'un effort, il parvint encore à bégayer :

– Recouche-toi, je t'en supplie.

D'une souplesse câline, elle se rapprochait toujours, était sur lui.

– Dis, embrasse-moi... Embrasse-moi bien fort, comme tu m'aimes. Cela nous donnera du courage...

Étranglé, il ne soufflait plus. Une clameur de foule, dans son crâne, l'empêchait d'entendre ; tandis que des morsures de feu, derrière les oreilles, lui trouaient la tête, gagnaient ses bras, ses jambes, le chassaient de son propre corps, sous le galop de l'autre, la bête envahissante. Le cou nu se tendait, si blanc, si délicat, d'une irrésistible tentation.

– Embrasse-moi, mon chéri, pendant que nous avons une minute encore... Je t'aime tant, nous serons si heureux ! Lui, n'est qu'un mauvais homme qui m'a fait souffrir, qui est l'unique obstacle à notre bonheur... Embrasse-moi, oh ! si fort, si fort !

Jacques, sans se retourner, de sa main droite, tâtonnante en arrière, avait pris le couteau. Il fixait sur Séverine ses yeux fous. La porte d'épouvante s'ouvrait sur ce gouffre noir du sexe, l'amour jusque dans la mort, détruire pour posséder davantage.

– Embrasse-moi, embrasse-moi...

Elle renversait son visage soumis, découvrait son cou nu, à l'attache voluptueuse de la gorge. Et lui, voyant cette chair blanche, comme dans un éclat d'incendie, leva le poing, armé du couteau. Mais elle avait aperçu l'éclair de la lame, elle se rejeta en arrière, béante de surprise et de terreur.

– Jacques, Jacques… Moi, mon Dieu ! Pourquoi ? pourquoi ?

Et il abattit le poing, et le couteau lui cloua la question dans la gorge. Le même coup que pour le président Grandmorin, à la même place, avec la même rage. Avait-elle crié ? il ne le sut jamais. À cette seconde, passait l'express de Paris, si violent, si rapide, que le plancher en trembla ; et elle était morte, comme foudroyée dans cette tempête.

Immobile, Jacques maintenant la regardait, allongée à ses pieds, devant le lit. Le train se perdait au loin. Enfin, enfin ! il s'était donc contenté, il avait tué ! Oui, il avait fait ça. Une joie effrénée, une jouissance énorme le soulevait, dans la pleine satisfaction de l'éternel désir. La femme, il l'avait tuée, il la possédait, comme il désirait depuis si longtemps la posséder, tout entière, jusqu'à l'anéantir. Et un souvenir aigu lui revenait, celui de l'autre assassiné, le cadavre du président Grandmorin, qu'il avait vu, par la nuit terrible, à cinq cents mètres de là. Ce corps délicat, si blanc, rayé de rouge, c'était la même loque humaine, le pantin cassé, la chiffe molle, qu'un coup de couteau fait d'une créature. Oui, c'était ça. Il avait tué, et il y avait ça par terre.

Et cet homme qui allait frapper en bas, cet homme qu'il voulait tuer ! Il l'avait oublié complètement. S'il ne regrettait rien, déjà il se jugeait imbécile. Quoi ? que s'était-il passé ? La femme qu'il aimait, dont il était aimé passionnément, gisait sur le parquet, la gorge ouverte ; tandis que le mari, l'obstacle à son bonheur vivait encore, avançait toujours, pas à pas, dans les ténèbres. Cet homme que, depuis des mois, épargnaient les scrupules de son éducation, les idées d'humanité lentement acquises et transmises, il n'avait pu l'attendre ; et, au mépris de son intérêt, il venait d'être emporté par l'hérédité de violence, par ce besoin de meurtre qui, dans les forêts premières, jetait la bête sur la bête. Est-ce qu'on tue par raisonnement ! On ne tue que sous l'impulsion du sang et des nerfs, un reste des anciennes luttes, la nécessité de vivre et la joie d'être fort. Il n'avait plus qu'une lassitude rassasiée, il s'effarait, cherchait à comprendre, sans trouver autre chose, au fond même de sa passion satisfaite, que l'étonnement et l'amère tristesse de l'irréparable. La vue de la malheureuse lui devenait atroce. Une épouvante le glaça, il se demanda ce qu'il faisait, à s'attarder ainsi, dans cette chambre. Et il trébucha dans le couteau resté par terre, et il s'enfuit, descendit en roulant l'escalier, se lança dehors, dans la nuit d'encre, où son galop se perdit, furieux.

Cabuche, cette nuit-là comme les autres, avait franchi la haie du terrain, rôdant sous la fenêtre de Séverine. Cet homme bondissant du perron, ce galop enragé de bête s'éloignant dans la campagne, venaient de le clouer de surprise. Et il n'était déjà plus temps de se mettre à la poursuite du fuyard, le carrier restait effaré, plein d'inquiétude et d'hésitation devant la porte ouverte. Qu'arrivait-il donc ? devait-il entrer ? Le lourd silence, l'immobilité absolue, là-haut, lui serraient le cœur d'une angoisse croissante.

Enfin, Cabuche se décida, monta à tâtons. Doucement, il appela. Puis, il aperçut le sang, il comprit, s'élança, avec un terrible cri qui sortait de son cœur déchiré. Mon Dieu ! c'était elle, assassinée, jetée là, dans sa nudité pitoyable. Il crut qu'elle râlait encore, il avait un tel désespoir, à la voir agoniser toute nue, qu'il la saisit d'un élan fraternel, à pleins bras, la souleva, la posa sur le lit dont il rejeta le drap, pour la couvrir. Mais dans cette étreinte, il s'était couvert de sang, les deux mains, la poitrine. Il ruisselait de son sang. Et, à cette minute, il vit que Roubaud et Misard étaient là. Ils venaient, eux également, de se décider à monter, en trouvant toutes les portes ouvertes. Le mari arrivait en retard, pour s'être arrêté à causer avec le garde-barrière, qui l'avait ensuite accompagné, en continuant la conversation. Tous deux, stupides, regardaient Cabuche, dont les mains saignaient comme celles d'un boucher.

– Le même coup que pour le président, finit par dire Misard, en examinant la blessure.

Roubaud hocha la tête sans répondre, sans pouvoir détacher ses regards de Séverine, de ce masque d'abominable terreur, les yeux bleus démesurément élargis, qui demandaient pourquoi.

XII

Trois mois plus tard, par une tiède nuit de juin, Jacques conduisait l'express du Havre, parti de Paris à six heures trente. Sa nouvelle machine, toute neuve, n'était pas commode, rétive, fantasque, ainsi que ces jeunes cavales qu'il faut dompter par l'usure, avant qu'elles se résignent au harnais. Il jurait souvent contre elle, regrettant la Lison. Mais, cette nuit-là, le ciel était d'une douceur si délicieuse, qu'il se sentait porté à l'indulgence, la laissant galoper un peu à sa fantaisie, heureux lui-même de respirer largement. Jamais il ne s'était mieux porté, sans remords, l'air soulagé, dans une grande paix heureuse. Lui qui ne parlait jamais en route, plaisanta Pecqueux, qu'on lui avait laissé pour chauffeur.

– Quoi donc ? vous ouvrez l'œil comme un homme qui n'a bu que de l'eau.

Pecqueux, en effet, contre son habitude, semblait à jeun et très sombre. Il répondit d'une voix dure :

– Faut ouvrir l'œil, quand on veut voir clair.

Défiant, Jacques le regarda, en homme dont la conscience n'est point nette. La semaine précédente, il s'était laissé aller aux bras de la maîtresse du camarade, cette terrible Philomène, qui, depuis longtemps, se frottait à lui, comme une maigre chatte amoureuse. Il cédait au désir de faire une expérience : était-il définitivement guéri, maintenant qu'il avait contenté son affreux besoin ? Deux fois déjà, il l'avait eue, et rien, pas un malaise, pas un frisson. Sa grande joie, son air apaisé et riant devait venir, même à son insu, du bonheur de n'être plus qu'un homme comme les autres.

Pecqueux ayant ouvert le foyer de la machine, pour mettre du charbon, il l'arrêta.

– Non, non, ne la poussez pas trop, elle va bien.

Alors, le chauffeur grogna de mauvaises paroles.

– Ah ! ouitche !... Une jolie farceuse, une belle saloperie !...

Jacques, pour ne pas avoir à se fâcher, évitait de répondre. Mais il sentait bien que l'ancien ménage à trois n'était plus ; car la bonne amitié, entre lui, le camarade et la machine s'en était allée, à la mort de la Lison. Maintenant, on se querellait pour un rien, pour un écrou trop serré, pour une pelletée de charbon mise de travers.

Deux fois encore, Pecqueux rouvrit le foyer, y jeta du charbon, par désobéissance, cherchant une dispute sans doute ; et Jacques feignit de ne pas s'en apercevoir. À onze heures cinq, lorsque l'express arriva au Havre, les deux hommes firent la toilette de la machine d'un air de bon accord, comme autrefois. Mais, au moment où ils quittaient le dépôt pour aller se coucher rue François-Mazeline, une voix les appela.

– On est donc bien pressé ? Entrez une minute !

C'était Philomène, qui, du seuil de la maison de son frère, devait guetter Jacques.

Ils entrèrent dans la cuisine, ils s'assirent devant la table, où elle avait posé des verres et une bouteille d'eau-de-vie, en reprenant à voix plus basse :

– Faut tâcher de ne pas faire trop de bruit, parce que mon frère dort, là-haut.

Puis, tout de suite elle ajouta :

– À propos, vous savez que la mère Lebleu est claquée, ce matin... Oh ! ça, je l'avais dit : ça la tuera, si on la met dans ce logement du derrière, une vraie prison. Et ce qui l'a achevée, ç'a été sûrement de ne plus pouvoir espionner Mlle Guichon et M. Dabadie, une habitude qu'elle avait prise. Dites donc, c'est la semaine prochaine que ça se juge, à Rouen, l'affaire des Roubaud.

Jusque-là, Jacques et Pecqueux l'avaient écoutée, sans placer un mot. Le dernier ne la quittait pas des yeux, peu à peu échauffé de jalousie, à la voir ainsi s'exciter devant son chef.

– Oui, répondit le mécanicien d'un air de parfaite tranquillité, j'ai reçu la citation.

Philomène se rapprocha, heureuse de le frôler du coude.

– Moi aussi, je suis témoin... Ah ! monsieur Jacques, lorsqu'on m'a interrogée à propos de vous, j'ai dit au juge : « Mais, monsieur, il l'adorait, c'est impossible qu'il lui ait fait du mal ! » N'est-ce pas ? je vous avais vus ensemble, moi, j'étais bien placée pour en parler.

– Oh ! dit le jeune homme avec un geste d'indifférence, je n'étais pas inquiet, je pouvais donner, heure par heure, l'emploi de mon temps...

Un silence régna, tous trois burent lentement.

– Ça fait frémir, reprit Philomène. Cette bête féroce, ce Cabuche qu'on a arrêté, encore tout couvert du sang de la pauvre dame ! Faut-il qu'il y ait des hommes idiots ! tuer une femme parce qu'on a envie d'elle, comme si ça les avançait à quelque chose, quand la femme n'est plus là !... et ce que je n'oublierai jamais de la vie, voyez-vous, c'est lorsque M. Cauche, sur le quai, est venu arrêter aussi M. Roubaud. J'y étais. M. Cauche lui a tapé sur l'épaule, en disant qu'il avait l'ordre de l'emmener en prison. Vous pensez ! eux qui jouaient ensemble, les nuits entières ! Mais, quand on est commissaire, on mènerait son père et sa mère à la guillotine, puisque c'est le métier qui veut ça.

Pecqueux, les dents serrées, allongea un coup de poing sur la table.

– Tonnerre de Dieu ! si j'étais à la place de ce cocu de Roubaud !... Vous couchiez avec sa femme, vous. Un autre la lui tue. Et voilà qu'on l'envoie aux assises... Non, c'est à crever de rage !

– Mais, grande bête, s'écria Philomène, puisqu'on l'accuse d'avoir poussé l'autre à le débarrasser de sa femme, oui, pour des affaires d'argent ! Il paraît qu'on a retrouvé chez Cabuche la montre du président Grandmorin.

Distrait, Jacques ne semblait pas même écouter. Il murmura :

– À quoi bon s'en casser la tête, est-ce que ça nous regarde ?... Dans tout cela, il n'y a que cette pauvre femme... Ah ! la pauvre, la pauvre femme !

– Moi, conclut violemment Pecqueux, moi qui en ai une, de femme, si quelqu'un s'avisait de la toucher, je commencerais par les étrangler tous les deux.

Philomène, qui remplissait une seconde fois les petits verres, affecta de hausser les épaules, en ricanant. Déjà elle trinquait, d'un air de plaisanterie.

– À ta santé, tiens ! À votre santé, monsieur Jacques !

C'était le lundi que devaient commencer, à Rouen, les débats de l'affaire Roubaud. Il y avait là un triomphe pour le juge d'instruction Denizet, car on ne tarissait pas d'éloges, dans le monde judiciaire, sur la façon dont il venait de mener à bien cette affaire compliquée et obscure.

D'abord, dès qu'il se fut transporté sur les lieux, à la Croix-de-Maufras, quelques heures après le meurtre de Séverine, M. Denizet fit arrêter Cabuche. Tout désignait ouvertement celui-ci. Le juge, cependant, ayant su la liaison de la victime et de Jacques, s'inquiéta de l'emploi du temps de ce dernier ; mais, outre que l'accusé lui-même reconnaissait avoir accompagné Jacques à Barentin, pour le train de quatre heures quatorze, l'aubergiste de Rouen jurait ses grands dieux que le jeune homme, couché tout de suite après son dîner, était seulement sorti de sa chambre le lendemain, vers sept heures. Et puis, un amant n'égorge pas sans raison une maîtresse qu'il adore. Ce serait absurde. Non ! non ! il n'y avait qu'un assassin possible, un assassin évident, le repris de justice trouvé là, les mains rouges, le couteau à ses pieds.

Mais, arrivé à ce point, M. Denizet éprouva un instant d'embarras. Dans une première perquisition, faite à la masure du prévenu, on n'avait absolument rien découvert. Le vol n'ayant pu être établi, il fallait trouver un autre motif au crime. Brusquement, au hasard d'un interrogatoire, Misard le mit sur la voie, en racontant qu'il avait vu, une nuit, Cabuche escalader le mur de la propriété, pour regarder, par la fenêtre de la chambre, Mme Roubaud qui se couchait. Dès ce moment, la conviction du juge fut complète, inébranlable.

Harcelé d'interrogatoires, pris et repris dans l'écheveau savant des questions, Cabuche s'obstinait à sa version première. Il passait sur la route, lorsqu'un individu l'avait frôlé en galopant, et d'une telle course qu'il ne pouvait même dire de quel côté il fuyait. Et avait trouvé la morte, chaude encore. Il ne savait que ça. Et, quand le juge, voulant lui arracher la vérité en frappant le coup décisif, lui avait jeté à la face ce meurtre et ce viol, il était entré dans une rage folle de protestation. Lui, la tuer pour l'avoir! lui, qui la respectait comme une sainte! Les gendarmes, rappelés, avaient dû le maintenir, tandis qu'il parlait d'étrangler toute la sacrée boutique. Un gredin des plus dangereux en somme, sournois, mais dont la violence éclatait quand même, avouant pour lui les crimes qu'il niait.

L'instruction en était là, le prévenu entrait en fureur, criait que c'était l'autre, le fuyard mystérieux, chaque fois qu'on revenait à l'assassinat, lorsque M. Denizet fit une trouvaille, qui transforma l'affaire. Comme il le disait, il flairait des vérités ; aussi voulut-il procéder lui-même à une perquisition nouvelle, dans la masure de Cabuche ; et il y découvrit une cachette où se trouvaient des mouchoirs et des gants de femme sous lesquels était une montre d'or, qu'il reconnut tout de suite : c'était la montre du président Grandmorin, tant cherchée par lui autrefois. Il en reçut le coup de foudre, tout s'illumina, le passé se reliait au présent. Sans parler de la montre d'abord, il interrogea Cabuche sur les gants et les mouchoirs. Celui-ci, un instant, eut l'aveu aux lèvres : oui, il l'adorait, oui, il la désirait, jusqu'à baiser les robes qu'elle avait portées, jusqu'à ramasser, à voler derrière elle tout ce qui tombait de sa personne. Et, lorsque le juge lui mit la montre sous les yeux, il la regarda d'un air ahuri. Il se souvenait bien : cette montre, il avait eu la surprise de la trouver nouée dans le coin d'un mouchoir, pris sous un traversin, emporté chez lui comme une proie ; ensuite, elle était restée là, pendant qu'il se creusait la tête, à chercher de quelle façon la rendre. Seulement, à quoi bon raconter cela ? Déjà on ne croyait rien de ce qu'il disait. D'ailleurs, lui-même commençait à ne plus comprendre, tout se brouillait dans son crâne d'homme simple. Pour les gants et les mouchoirs, il ne savait pas. Pour la montre, il ne savait pas. On l'embêtait, on n'avait qu'à le laisser tranquille et à le guillotiner tout de suite.

M. Denizet, le lendemain, fit arrêter Roubaud. Malgré de nombreuses obscurités encore, il devinait dans cet homme le pivot, la source de la double affaire ; et il triompha tout de suite, lorsqu'il eut saisi la donation au dernier vivant que Roubaud et Séverine s'étaient faite, huit jours après être entrés en possession de la Croix-de-Maufras. Dès lors, l'histoire entière se reconstruisit dans son crâne. Roubaud était un lâche, qui, à deux reprises, n'osant tuer lui-même, s'était servi du bras de Cabuche, cette bête violente. La première fois, ayant hâte d'hériter du président Grandmorin, dont il connaissait le testament, sachant d'autre part la rancune du carrier contre celui-ci, il l'avait poussé à Rouen dans le coupé, après lui avoir mis le couteau au poing. Puis, les dix mille francs partagés, les deux complices ne se seraient peut-être jamais revus, si le meurtre ne devait engendrer le meurtre. Et c'était ici que le juge avait montré cette profondeur de psychologie criminelle qu'on admirait tant ; car il le déclarait aujourd'hui, jamais il n'avait cessé de surveiller Cabuche, sa conviction était que le premier assassinat en amènerait mathématiquement un second. Dix-huit mois venaient de suffire : le ménage des Roubaud s'était gâté, le mari avait mangé les cinq mille francs au jeu, la femme en était arrivée à prendre un amant, pour se distraire. Sans doute elle refusait de vendre la Croix-de-Maufras, de crainte qu'il n'en dissipât l'argent. Et là, enfin, la conséquence lointaine du premier crime s'était produite : Cabuche reparaissait avec ses appétits de brute, le mari dans l'ombre lui remettait le couteau au poing, pour s'assurer définitivement la propriété de cette maison maudite, qui avait déjà coûté une vie humaine.

Roubaud, d'abord, répondit par oui et par non, de l'air somnolent et alourdi qu'il avait maintenant. Il ne semblait pas étonné de son arrestation, tout lui était devenu égal, dans la lente désorganisation de son être. D'ailleurs, il restait convaincu de la culpabilité de Cabuche: lui seul pouvait être l'assassin. Mais, lorsque M. Denizet finit par développer son système, il était devenu très circonspect. Que lui racontait-on là? Ce n'était plus lui, c'était le carrier qui avait tué le président, comme il avait tué Séverine; et, les deux fois, c'était pourtant lui le coupable, puisque l'autre frappait pour son compte et à sa place. Cette aventure compliquée l'emplissait de méfiance: sûrement, on lui tendait un piège, on mentait pour le forcer à confesser sa part de meurtre, le premier crime. Confronté avec Cabuche, il déclara ne pas le connaître. Seulement, comme il répétait qu'il l'avait trouvé rouge de sang, sur le point de violer sa victime, le carrier s'emporta, et une scène violente vint encore embrouiller les choses. Roubaud avait pris le parti de ne plus répondre, lorsque, tout d'un coup, dans une minute d'impatience, voulant en finir, cédant à un sourd besoin qui le travaillait depuis des mois, il lâcha la vérité, rien que la vérité, toute la vérité.

Mais, à mesure qu'il contait l'histoire, sa femme souillée toute jeune par Grandmorin, sa rage de jalousie en apprenant ces ordures, et comment il avait tué, et pourquoi il avait pris les dix mille francs, les paupières du juge se relevaient dans un froncement de doute, tandis qu'une incrédulité irrésistible, l'incrédulité professionnelle, distendait sa bouche, en une moue goguenarde. Le gaillard était encore plus fort qu'il ne pensait : prendre le premier meurtre pour lui, en faire un crime purement passionnel, se laver ainsi de toute préméditation de vol, surtout de toute complicité dans l'assassinat de Séverine, c'était certes une manœuvre hardie. Seulement, cela ne tenait pas debout.

– Voyons, Roubaud… Ce serait dans un transport de jalousie que vous auriez tué ? Alors, expliquez-moi comment vous avez pu tolérer un amant à votre femme, oui, ce Jacques Lantier !

– Je ne sais pas… J'ai tué l'autre, je n'ai pas tué celui-ci.

– Ne me dites donc plus que vous êtes un jaloux qui se venge. Croyez-moi, changez de système, la vérité seule vous sauverait.

Dès ce moment, plus Roubaud s'entêta à la dire, cette vérité, plus il fut convaincu de mensonge. Le juge raffinait la psychologie de l'affaire, avec un véritable amour du métier.

Et ce qui accrut encore la gloire de M. Denizet, ce fut qu'il apporta la double affaire d'un bloc. De temps à autre, reparaissaient encore, dans les feuilles de l'opposition, les plaisanteries sur l'assassin légendaire, introuvable, cette invention de la police, mise en avant pour cacher les turpitudes de certains grands personnages compromis. La réponse allait être décisive, l'assassin et son complice étaient arrêtés, la mémoire du président Grandmorin sortirait intacte de l'aventure. Les polémiques recommencèrent, l'émotion grandit de jour en jour, à Rouen et à Paris. On se passionnait, comme si la vérité enfin découverte, irréfutable, devait consolider l'État.

Mandé à Paris, M. Denizet se présenta rue du Rocher, au domicile personnel du secrétaire général, M. Camy-Lamotte. Il le trouva debout, au milieu de son cabinet sévère. Depuis deux jours, il était en proie à une lutte intérieure, ne sachant encore quel usage il ferait de la lettre de Séverine.

Tout de suite, M. Denizet triompha.

– Eh bien, mon flair ne m'avait pas trompé, c'était ce Cabuche qui avait frappé le président…

M. Camy-Lamotte le regardait fixement.

– Alors, votre conviction est absolue ?

– Absolue, aucune hésitation possible…

– Mais Roubaud proteste, prend le premier meurtre pour lui.

– S'il apportait quelque preuve encore ! mais il ne produit rien. Il parle bien de la lettre qu'il prétend avoir fait écrire à sa femme et qu'on aurait dû trouver dans les papiers de la victime… Vous, monsieur le secrétaire général, qui avez classé ces papiers, vous l'auriez trouvée, n'est-ce pas ?

M. Camy-Lamotte ne répondit point. C'était vrai, le scandale allait être enterré enfin, avec le système du juge : personne ne croirait Roubaud, la mémoire du président serait lavée des soupçons abominables, l'empire bénéficierait de cette réhabilitation tapageuse d'une de ses créatures. Et, d'ailleurs, puisque ce Roubaud se reconnaissait coupable, qu'importait à l'idée de justice qu'il fût condamné pour une version ou pour l'autre! Puis, mon Dieu! la justice, quelle illusion dernière! Vouloir être juste, n'était-ce pas un leurre, quand la vérité est si obstruée de broussailles?

– N'est-ce pas? répéta M. Denizet, vous ne l'avez pas trouvée, cette lettre?

De nouveau, M. Camy-Lamotte leva les yeux sur lui; et tranquillement, il répondit:

– Je n'ai absolument rien trouvé.

Lorsqu'il fut seul, M. Camy-Lamotte alluma d'abord une bougie; puis, il alla prendre, dans le tiroir où il l'avait classée, la lettre de Séverine. Et le souvenir s'évoqua de cette criminelle délicate, aux yeux de pervenche, qui l'avait remué jadis d'une si tendre sympathie. Et, comme il approchait la lettre de la bougie, et qu'elle flambait, il fut pris d'une grande tristesse.

Lorsque le fameux procès vint enfin, le bruit d'une guerre prochaine, l'agitation qui gagnait la France entière, nuisirent beaucoup au retentissement des débats. Rouen n'en passa pas moins trois jours dans la fièvre, on s'écrasait aux portes de la salle.

La grosse émotion fut pour l'audition de certains témoins. Aussi, lorsque Jacques Lantier, fut introduit enfin, un bourdonnement monta de la foule, il y eut même, parmi les jurés, un mouvement passionné d'attention. Jacques, tres tranquille, s'était des deux mains appuyé à la barre des témoins. Cette comparution qui aurait dû le troubler profondément le laissait dans une entière lucidité d'esprit. Il allait déposer en étranger, en innocent; depuis le crime, pas un frisson ne lui était venu ; là encore, à cette barre, il n'avait ni remords ni scrupules, d'une absolue inconscience. Tout de suite, il avait regardé Roubaud et Cabuche, de ses yeux clairs. Le premier, il le savait coupable, il lui adressa un léger signe de tête, un salut discret. Puis, il sourit au second, l'innocent, dont il aurait dû occuper la place, sur ce banc : une bonne bête au fond, sous son air de bandit, un gaillard qu'il avait vu au travail, dont il avait serré la main. Et, plein d'aisance, il déposa, il répondit en petites phrases nettes aux questions du président. À la question du président désirant savoir ce qu'il pensait de l'inconnu, évanoui dans les ténèbres, dont le carrier parlait, Jacques se contenta de hocher la tête, comme s'il n'avait pas voulu accabler un accusé. Et un fait alors se produisit, qui acheva de bouleverser l'auditoire. Des pleurs parurent dans les yeux de Jacques, débordèrent, ruisselèrent sur ses joues. Ainsi qu'il l'avait revue déjà, Séverine venait de s'évoquer, la misérable assassinée dont il avait emporté l'image. Il l'adorait encore, une pitié immense l'avait pris, et il la pleurait à grandes larmes, dans l'inconscience de son crime, oubliant où il était, parmi cette foule. Des dames, gagnées par l'attendrissement, sanglotèrent. On trouva extrêmement touchante cette douleur de l'amant, lorsque le mari restait les yeux secs. Lorsque le jury passa dans la salle des délibérations, il n'était que six heures. Un grand bruit de voix monta sous l'antique plafond doré. Mais le silence redevint religieux, dès que le jury et la cour reparurent. Le verdict admettait des circonstances atténuantes, le tribunal condamna les deux hommes aux travaux forcés à perpétuité.

Au sortir du Palais, Jacques fut rejoint par Philomène, qui était restée comme témoin ; et elle ne le lâcha plus, le retenant, tâchant de passer cette nuit-là avec lui, à Rouen. Il ne devait reprendre son service que le lendemain, il voulut bien la garder à dîner, dans l'auberge où il prétendait avoir dormi la nuit du crime, près de la gare ; mais il ne coucherait pas, il était absolument forcé de rentrer à Paris, par le train de minuit cinquante.

– Tu ne sais pas, raconta-t-elle, comme elle se dirigeait à son bras vers l'auberge, je jurerais que, tout à l'heure, j'ai vu quelqu'un de notre connaissance… Oui, Pecqueux, qui me répétait encore, l'autre jour, qu'il ne ficherait pas les pieds à Rouen, pour l'affaire…

Le mécanicien l'interrompit, en haussant les épaules.

– Pecqueux est à Paris, en train de nocer, trop heureux des vacances que mon congé lui procure.

– C'est possible… N'importe, méfions-nous, car c'est bien la plus sale rosse, quand il rage.

Le soir, après le dîner, en attendant le train de minuit cinquante, Philomène voulut emmener Jacques, par des ruelles noires, jusqu'à la campagne prochaine. Il faisait très lourd, une nuit de juillet, ardente et sans lune, qui lui gonflait la gorge de gros soupirs, presque pendue à son cou. Deux fois, ayant cru entendre des pas derrière eux, elle s'était retournée. Lui, souffrait beaucoup de cette nuit d'orage.

Dans son tranquille équilibre, il avait senti tout à l'heure, à table, un lointain malaise revenir chaque fois que cette femme l'avait effleuré de ses mains errantes. Et, tout d'un coup, comme ils passaient près d'un talus gazonné, dans un chemin désert, et qu'elle l'y entraînait, il fut emporté par une rage, il chercha parmi l'herbe une arme, une pierre, pour lui en écraser la tête. D'une secousse, il s'était relevé et il fuyait déjà, éperdu, et il entendit une voix d'homme, des jurons, toute une bataille.

– Ah ! garce, j'ai voulu être sûr ! Il peut courir, l'autre ! je sais qui c'est, je le rattraperai bien !...

Jacques galopait dans la nuit, non pour fuir Pecqueux, qu'il venait de reconnaître ; mais il se fuyait lui-même, fou de douleur.

Eh quoi ! un meurtre n'avait pas suffi, il n'était pas rassasié du sang de Séverine. Voilà qu'il recommençait. Une autre, et puis une autre, et puis toujours une autre ! C'était fini de vivre, il n'y avait plus devant lui que cette nuit profonde, d'un désespoir sans bornes, où il fuyait.

Quelques jours se passèrent. Jacques avait repris son service, évitant les camarades, retombé dans sa sauvagerie anxieuse d'autrefois. La guerre venait d'être déclarée, après d'orageuses séances à la Chambre. Depuis une semaine, les transports de troupes écrasaient de fatigue le personnel des chemins de fer. Et ce fut ainsi qu'un soir, au Havre, Jacques, au lieu de son express habituel, eut à conduire un train énorme, dix-huit wagons, absolument bondés de soldats.

Ce soir-là, Pecqueux arriva au dépôt très ivre. Ils avaient fini par cesser complètement de se parler. Cette tôle mouvante, ce petit pont qui les emportait autrefois, si unis, n'était plus à cette heure que la planche étroite et dangereuse où se heurtait leur rivalité. Et, ce soir-là, en voyant Pecqueux ivre, Jacques se méfia ; car il le savait trop sournois pour se fâcher à jeun, le vin seul déchaînait en lui la brute.

Il était nuit déjà, lorsqu'on embarqua les soldats comme des moutons, dans des wagons à bestiaux. Dès leur arrivée à Paris, un autre train les attendait, pour les diriger sur le Rhin. Comme on leur avait distribué de l'eau-de-vie, ils avaient une gaieté échauffée et brutale. Et, dès que le train s'ébranla, sortant de la gare, ils se mirent à chanter.

Jacques, tout de suite, regarda le ciel, dont une vapeur d'orage cachait les étoiles. La nuit serait très sombre, pas un souffle n'agitait l'air brûlant. À l'horizon noir, il n'y avait d'autres feux que les étincelles vives des signaux. Il augmenta la pression pour franchir la grande rampe d'Harfleur à Saint-Romain. Malgré l'étude qu'il faisait d'elle depuis des semaines, il n'était pas maître encore de la machine 608, trop neuve, dont les caprices, les écarts de jeunesse le surprenaient. Cette nuit-là, particulièrement, il la sentait rétive, fantasque, prête à s'emballer pour quelques morceaux de charbon de trop. Aussi, la main sur le volant du changement de marche, surveillait-il le feu, de plus en plus inquiet des allures de son chauffeur. Car il l'entendait ricaner très haut, casser son charbon à coups de marteau exagérés, se battre avec la pelle.

Toutes les minutes, il ouvrait la porte, jetait du combustible sur la grille, en quantité déraisonnable.

– Assez ! cria Jacques.

L'autre affecta de ne pas comprendre, continua à enfourner des pelletées coup sur coup ; et, comme le mécanicien lui empoignait le bras, il se tourna, menaçant.

– Touche pas, ou je cogne !... Ça m'amuse, moi, qu'on aille vite !

Le train, maintenant, roulait, à toute vitesse, sur le plateau qui va de Bolbec à Motteville. Il devait filer d'un trait à Paris, sans arrêt aucun, sauf aux points marqués pour prendre de l'eau. L'énorme masse, les dix-huit wagons, chargés, bondés de bétail humain traversaient la campagne noire, dans un grondement continu. Et ces hommes qu'on charriait au massacre chantaient, chantaient à tue-tête, d'une clameur si haute, qu'elle dominait le bruit des roues.

Jacques, du pied, avait refermé la porte. Puis, manœuvrant l'injecteur, se contenant encore :

– Il y a trop de feu... Dormez, si vous êtes saoul.

Immédiatement, Pecqueux rouvrit, s'acharna à remettre du charbon, comme s'il eût voulu faire sauter la machine. C'était la révolte, les ordres méconnus, la passion exaspérée qui ne tenait plus compte de toutes ces vies humaines. Et, Jacques s'étant penché pour abaisser lui-même la tige du cendrier, le chauffeur le saisit brusquement à bras-le-corps, tâcha de le pousser, de le jeter sur la voie, d'une violente secousse.

Il s'était rattrapé à un des bords du tender, et ils glissèrent tous deux, la lutte continua sur le petit pont de tôle, qui dansait violemment. Les dents serrées, ils ne parlaient plus, ils s'efforçaient l'un l'autre de se précipiter par l'étroite ouverture, qu'une barre de fer seule fermait. Mais ce n'était point commode, la machine dévorante roulait, roulait toujours ; et Barentin fut dépassé, et le train s'engouffra dans le tunnel de Malaunay, qu'ils se tenaient encore étroitement, vautrés dans le charbon, tapant de la tête contre les parois du récipient d'eau, évitant la porte rougie du foyer, où se grillaient leurs jambes, chaque fois qu'ils les allongeaient.

Un instant, Jacques songea que, s'il pouvait se relever, il fermerait le régulateur, appellerait au secours, pour qu'on le débarrassât de ce fou furieux, enragé d'ivresse et de jalousie. Comme il faisait un suprême effort, l'autre comprit, se raidit sur les reins, le souleva ainsi qu'un enfant.

– Ah ! tu veux arrêter... Ah ! tu m'as pris ma femme... Va, faut que tu y passes !

La machine roulait, roulait. La station de Malaunay fut franchie, dans un tel coup de vent, que le sous-chef, debout sur le quai, ne vit même pas ces deux hommes, en train de se dévorer, pendant que la foudre les emportait.

Mais Pecqueux, d'un dernier élan, précipita Jacques ; et celui-ci, sentant le vide, éperdu, se cramponna à son cou, si étroitement, qu'il l'entraîna. Il y eut deux cris terribles, qui se confondirent, qui se perdirent. Les deux hommes, tombés ensemble, entraînés sous les roues par la réaction de la vitesse, furent coupés, hachés, dans leur étreinte. On les retrouva sans tête, sans pieds, deux troncs sanglants qui se serraient encore, comme pour s'étouffer.

Et la machine, libre de toute direction, roulait, roulait toujours. Enfin, la rétive, la fantasque, pouvait céder à la fougue de sa jeunesse, ainsi qu'une cavale indomptée encore, échappée des mains du gardien, galopant par la campagne rase. La chaudière était pourvue d'eau, le charbon dont le foyer venait d'être rempli, s'embrasait ; et, pendant la première demi-heure, la pression monta follement, la vitesse devint effrayante. Sans doute, le conducteur-chef, cédant à la fatigue, s'était endormi. Les soldats, dont l'ivresse augmentait, à être ainsi entassés, subitement s'égayèrent de cette course violente, chantèrent plus fort. Il n'y avait plus de sifflet, à l'approche des signaux, au passage des gares. C'était le galop tout droit, la bête qui fonçait tête basse et muette, parmi les obstacles.

À Rouen, on devait prendre de l'eau : et l'épouvante glaça la gare, lorsqu'elle vit passer, dans un vertige de fumée et de flamme, ce train fou, cette machine sans mécanicien ni chauffeur, ces wagons à bestiaux emplis de troupiers qui hurlaient des refrains patriotiques. Tout de suite, le cri fut général : jamais ce train débridé, abandonné à lui-même, ne traverserait sans encombre la gare de Sotteville, toujours barrée par des manœuvres, obstruée de voitures et de machines, comme tous les grands dépôts. Et l'on se précipita au télégraphe, on prévint. Justement, là-bas, un train de marchandises qui occupait la voie, put être refoulé sous une remise. Déjà, au loin, le roulement du monstre échappé s'entendait. Il arrivait de son galop furieux, comme une force prodigieuse et irrésistible que rien ne pouvait plus arrêter. Et la gare de Sotteville fut brûlée, il fila au milieu des obstacles sans rien accrocher, il se replongea dans les ténèbres, où son grondement peu à peu s'éteignit.

Mais, maintenant, tous les appareils télégraphiques de la ligne tintaient, tous les cœurs battaient, à la nouvelle du train fantôme qu'on venait de voir passer à Rouen et à Sotteville. On tremblait de peur : un express qui se trouvait en avant, allait sûrement être rattrapé. Lui, ainsi qu'un sanglier dans une futaie, continuait sa course, sans tenir compte ni des feux rouges, ni des pétards. Il faillit se broyer, à Oissel, contre une machine-pilote ; il terrifia Pont-de-l'Arche, car sa vitesse ne semblait pas se ralentir. De nouveau, disparu, il roulait, il roulait, dans la nuit noire, on ne savait où, là-bas.

Qu'importaient les victimes que la machine écrasait en chemin ! N'allait-elle pas quand même à l'avenir, insoucieuse du sang répandu ? Sans conducteur, au milieu des ténèbres, en bête aveugle et sourde qu'on aurait lâchée parmi la mort, elle roulait, elle roulait, chargée de cette chair à canon, de ces soldats, déjà hébétés de fatigue, et ivres, qui chantaient.

TABLE

Préface 5

Avertissement de l'éditeur 9

Extrait de l'*Ébauche* de *La Bête humaine* 11

I 13

II 31

III 55

IV 73

V 95

VI 117

VII 133

VIII 151

IX 163

X 181

XI 199

XII 217